Владарг Дельсат

ПУТЕШЕСТВИЕ
критерий разумности — 7

2025

Copyright © 2025 by **Vladarg Delsat**

All rights reserved.

No part of this publication may be reproduced, distributed, or transmitted in any form or by any means, including photocopying, recording, or other electronic or mechanical methods, without the prior written permission of the publisher, except as permitted by copyright law.

The story, all names, characters, and incidents portrayed in this production are fictitious. No identification with actual persons (living or deceased), places, buildings, and products is intended or should be inferred.

Book Cover by **StudioGradient**

Edited by **Elya Trofimova & Ir Rinen**

Copyright © 2025 by **Владарг Дельсат (Vladarg Delsat)**

Все права защищены.

Никакая часть этой публикации не может быть воспроизведена, распространена или передана в любой форме и любыми средствами, включая фотокопирование, запись или другие электронные или механические методы, без предварительного письменного разрешения издателя, за исключением случаев, предусмотренных законом об авторском праве.

Сюжет, все имена, персонажи и происшествия, изображенные в этой постановке, являются вымышленными. Идентификация с реальными людьми (живыми или умершими), местами, зданиями и продуктами не подразумевается и не должна подразумеваться.

Художник **StudioGradient**

Редакторы **Эля Трофимова & Ир Ринен**

Черная дыра. Выживший

Я здесь один. На всем корабле в живых остался только я один, уже не раз проверил.

Мне семнадцать было, когда я очнулся в ванне криосна, и поначалу думал, что это ошибка, но оказалось — нет. Звездолет «Якутия» — боевой, поэтому экипаж небольшой. Во время Исхода на него погрузили всех, кого смогли впихнуть, потому что мы уходили с Земли навсегда, но что-то пошло не так. Я помню эти ускоренные сборы, когда в утопленные в грунт корабли сажали всех, усыпляя и замораживая, ведь путь — он не на один год, а замороженных побольше войдет в тот же объем. Ну меня никто не спрашивал, поэтому пробуждение и стало таким сюрпризом.

Сначала я, конечно, паниковал, но затем сумел

активировать резервный искусственный интеллект и добраться до протокола. В общем, вышло так, что спустя год после вылета наш корабль почему-то отклонился от остального каравана, а затем попал в черную дыру, в которой находится до сих пор. Что именно произошло, я не понял, но две сотни взрослых и десяток детей просто не проснулись. Поэтому я один, хоть не понимаю — за что со мной это случилось? Почему только я проснулся, и почему вообще был сигнал пробуждения... Нет ответа на эти вопросы, зато есть программы обучения. И вот сегодня у меня выпускной экзамен школы пилотов-навигаторов, после которого, если сдам, назовусь командиром корабля как единственный выживший.

Трюм полон капсул, частично пустых, а частично... Если когда-то выйдем в космос, надо будет их похоронить по традиции, отправив к звезде. О традициях я тоже в книгах прочитал, коих оказалось очень много. В электронном виде, чтобы места не занимали, наверное, но все же они есть. Если бы не книги, я бы с ума сошел, наверное, ведь просто шагнуть в Космос мне не дает ни корабль, ни внутреннее мое ощущение.

— Курсанту проследовать в экзаменационную каюту, — звучит механический голос, заставляя меня вздохнуть.

Я встаю с койки, оправив форменный комбинезон, чтобы двинуться по серому коридору в сторону совершенно не имеющей смысла каюты, ибо экзамен можно проводить в любой, но вот названа она у корабля «экзаменационной», и ничего не сделаешь. Так что иду я почти неосвещенным, серым, как моя жизнь, коридором до венчающей его каюты безо всяких обозначений.

«Якутия» — военный корабль. Это значит, есть у нее пушки, но, какие именно, я пока не в курсе, нет у меня доступа к этой информации еще. Вот сдам экзамен и буду изучать корабль более предметно. Возможно, и найду возможность выйти из непроглядной тьмы космического образования. Как корабль вообще выжил в ней? Должен же был уничтожиться, или я что-то о черных дырах не знаю?

Вот и дверь, приветливо откатившаяся в сторону. Внутри столик, кресло, экран и еще одна дверь, за которой санузел. Все. Нет больше ничего, да и не нужно. Поильник из стены торчит, чтобы горло промочить, а есть мне ближайшие несколько часов совершенно не нужно. Не до еды мне будет, я точно знаю. Усаживаюсь в кресло, перед глазами одна кнопка. Она активирует экран, сенсорное плато и дает начало экзамену. После ее нажатия пути назад не будет. «Ну и не очень-то хотелось», — вздыхаю я, вдавливая кнопку.

— Первый вопрос: последовательность действий при обнаружении чужого корабля, — звучит все тот же механический голос.

Управляет здесь всем искусственный интеллект, очень даже продвинутый, по-моему. Разговор не поддержит, но все остальное очень даже, я бы без него точно сдох бы. Для поддержания разговора есть симуляторы детские. Они собеседника изображают, хотя иногда невпопад отвечают, но все лучше, чем ничего. Голосовое управление часто барахлит, а как его чинить, я понятия не имею. Планы в отношении меня-то совсем другие были, вот и не знаю ничего. Спасибо хоть школу закончил.

Вопросы навигации заканчиваются, начинаются по устройству корабля, а затем будут и этические. Вот там начнутся довольно сложные задачи, потому что этические проблемы в полете самые серьезные. Правда, важно помнить, что дети и женщины имеют приоритет, причем именно в таком порядке. Банк мужских клеток на всякий случай существует, поэтому для выживания вида необходимы вовсе не мужчины. При этом нужно помнить еще и о том, что пилоты корабля тоже важны, иначе ничем хорошим полет не закончится. Но пилоты часто женщины, так что все в порядке.

У меня задачи простые — мне выжить надо. Запасов пищи хватит на пять жизней, воды тоже, а вот все остальное... Найти бы планету с людьми и жить промеж них как ни в чем не бывало. Хотя если это будут «западные партнеры», тогда точно жизни не будет. Они наших детей крали и убивали, нам незадолго до вылета показали, правда, еще кто-то добрый показал, что именно они делали... Представлять даже ничего не надо, а обломки черного корабля видели, по-моему, все. Значит, нас хотели просто сдать на мясо. Правда, на Земле сейчас жить нельзя — мы напоследок им устроили цыганочку с выходом, как папа сказал. Эх, папа... Твое мертвое тело, точнее верхняя его половина, в трюме лежит. И все они так, как огромной косой располовиненные, и не понять мне совсем отчего.

Мы жили на периферии страны, когда начались странные нападения и исчезновения. Ну и в наладоннике началось такое, что даже самый тупой понял: дело к войне. А война может быть в данном случае только окончательной, ибо очень врагам надо было, чтобы нас не было. Они об этом прямо и говорили: всех нужно убить. Ну больше всего соседи наши ближайшие, конечно. Впрочем, я особо не прислушивался — учился больше, ибо «ботаником» был. В школе меня за это не любили, вот я и предпочитал одиночество. Очень мне это сейчас пригодилось, просто очень.

— Две каюты, — сообщает мне экзаменатор. — В одной спящий пилот корабля, в другой беременная женщина. Воздуха только на одну, выберите...

Ну вот, как и думал — этическая проблема. Любой нормальный человек кинется спасать женщину, и это будет неправильно, потому что она все равно погибнет, а так есть шанс. Махонький, но он есть, поэтому я выбираю пилота, ощущая себя сволочью распоследней, но у экзаменатора нет сердца, а только лишь логика. Поэтому надо отвечать логично, а что будет, если такое на деле случится — там посмотрим.

Тяжелый экзамен, именно из-за этических вопросов тяжелый, но ничего не поделаешь — капитан многое знать должен, да и понимать тоже, поэтому и тяжел экзамен, да. Ввожу последний ответ и, помедлив мгновение, нажимаю все ту же кнопку — для проверки. Загорается синий индикатор: экзамен остановлен. Сейчас узнаем...

Как будто у меня выбор был.

Осваиваюсь в рубке, куда теперь имею доступ. Все приборы знакомы, оружейная панель активна, тоже можно поизучать, но пока мне интересно, что у нас с двигателями. Субпространство, насколько я помню из книг, открыли совсем недавно, потому-то мне странно увидеть на звездолете двигатель субпространства. Он, конечно, маломощный, не дальше астрономической единицы, то есть исключительно для маневра в бою, но он есть. Интересно, а если в черной дыре прыгнуть? Ускориться максимально и прыгнуть, вдруг получится?

Немного страшно экспериментировать, конечно, но, с другой стороны, меня в жизни ничего больше не держит. Обучение я закончил, книги читать могу откуда угодно, их еще много... делать мне нечего. Не выйдет с двигателем, попробую пострелять — у меня два лазера и плазма, так что есть чем. Ну а если и это не выйдет, то даже и не знаю...

Почему-то мысль попробовать вход в субпространство затягивает меня полностью, да так, что сопротивляться сложно. Поэтому я сдвигаю бегунки двигателей, стоящих на торможении, вперед, до упора. Интеллект корабля молчит, но это и понятно: я здесь главный, потому он считает, что я знаю лучше, вот и не мешает. Интересно, как в этом пространстве скорость измеряется? Судя по всему, никак.

Так и есть. Двигатели показывают, что работают на разгон, тяжесть даже ощущается какая-то, если я себя не обманываю, но при этом на указателе скорости стоят нули. Ну и хорошо, сейчас еще часок подожду и попробую прыжок, только манипуляторы ручного управления выдвину, ибо кажется мне, что так будет правильно. Так что пойду у себя на поводу, почему бы и нет?

Медленно тянутся минуты, мой палец лежит на клавише активации субпространственного двигателя, в какой-то момент даже без участия мозга несколько раз вдавливая ее. И вот тут вдруг многокомпонентное стекло, укрытое силовым полем, вдруг расцвечивается яркими огнями — я будто оказываюсь в плазменном коридоре, при этом звездолет явно заваливается на стену.

— Корабль не управляется, — сообщает мне речевой информатор, заставляя меня судорожно схватиться за манипуляторы.

С трудом вывожу судно по центру тоннеля, стенки которого сияют переливами плазмы, как в компьютерной игре, ощущая, как же тяжело держать звездолет вручную. Ничего себе, «попробовал»... Но тем не менее я явно куда-то лечу, а это намного лучше, чем просто висеть в черной дыре. Хоть чем-то хорошим напоследок займусь.

Пот стекает по лицу, кажется, сплошным потоком, но я справляюсь, ибо выхода нет. Вот и держу звездолет просто по центру этого колодца, потому что чувствую, что нужно делать именно так. Вообще-то странно, только после просыпания у меня появились эти странные ощущения, но всегда, в чем я уже убеждался не раз, ведущие к нужному результату. Значит, стоит довериться и сейчас, тем более что выбора все равно нет.

Несмотря на то, что сама суть коридора или колодца не меняется, игра плазмы на стенках завораживает, поэтому нужно прилагать усилие, чтобы не впасть в ступор. Но вот вокруг уже точно не черная дыра, а что именно, я не знаю. Есть надежда, конечно, не погибнуть, но слабенькая... если движение продлится более суток, я просто не выдержу. Что-то подсказывает мне, что эта чехарда скоро завершится. Лишь на это и уповаю, на самом деле.

И вот когда усталость становится такой, что дрожат руки, тоннель как-то мгновенно исчезает, а я оказываюсь в пространстве, среди холодных звезд. Но среди звезд! Не в черноте сплошной! И от этого открытия мне хочется петь и плясать, хоть и нельзя такое делать в рубке.

— Скорость превышает абсолютную, — информирует меня интеллект «Якутии». — Рекомендуется торможение.

Я рефлекторно перевожу двигатели в режим торможения, лишь затем осознавая сказанное мне: звездолет движется со скоростью, превышающей скорость света, чего не может быть даже теоретически, но, видимо, теория практике не мешает. Узнавать, что будет, если не буду тормозить, не хочу, поэтому снижаю скорость, о чем мне сразу же сообщают.

— Скорость ноль девять, — слышу я, переводя затем двигатели в нейтраль — по инерции полетим дальше. — Необходимо задать курс.

«Не понос, так золотуха», как говорил папа. Впрочем, интеллект прав, но, чтобы задать курс, нужно сообразить, где мы находимся. Поэтому я разворачиваюсь вместе с креслом к консоли навигатора, начиная вбивать команды на небольшой клавиатуре. Для начала, конечно, определение рисунка звезд. Тут меня ждет разочарование — нет в базе такого рисунка, что значит: я неведомо где. Но тут снова оживает внутреннее ощущение, заставляя изменить запрос. «Без ограничения времени», — отмечаю я в формуляре запроса. Зачем я это сделал? Не знаю, но, видимо, так надо.

Я уже настраиваюсь на долгое ожидание, когда наконец получаю ответ. Вот только осознать этот ответ для меня «труд огромный», как мама говорила. Ибо результат местоположения как-то пережить можно, все-таки Проксима Центавра; конечно, так себе новость из-за близости к Солнечной системе. Но вот год совпадения звездной картины мне совсем не нравится, потому что древность же глубокая. Люди сейчас дикие, и космос для них на орбите заканчивается. Но раз так, то...

Задумавшись, я понимаю, что поглядеть на Землю мне все-таки хочется, а нападать на меня дело неблагодарное — я сейчас сильнее кого угодно в этой системе. Может быть, даже смогу увидеть, как жили люди в те стародавние времена. Если временной период правильно посчитан, то Земля — единственная людьми обитаемая. Ну вот и посмотрим: если Марс на месте, значит, так оно и есть. А если нет, то буду потом разбираться. Я этим «партнерам» не бессловесная маленькая девочка, я их выжгу с орбиты к такой-то матери. Решено, двигаюсь к Земле.

Задаю курс — так как лечу я по инерции, то его только чуть подкорректировать надо, а там можно и отдыхать года два, если еще что-нибудь не случится. Ну с такой скоростью получается два-ноль-шесть, потому что фактор Лоренца, то-се, а так как спешить некуда... Впрочем, установка сна у меня в каюте в норме. Да и большинство капсул тоже в норме, а произошедшее с остальными вообще непонятно. Не буду я их здесь хоронить, пусть их Солнце примет, папе бы понравилось.

Передав управление интеллекту корабля, отправляюсь в свою каюту. Снимаю комбинезон и укладываюсь в ванну специального сна. Теперь весь путь для меня пролетит мгновенно, или же я совсем не проснусь, что тоже неплохо. Набираю пальцем программу — два года бортового времени, затем откидываюсь вглубь и моментально засыпаю, успев заметить начавшую закрываться крышку.

Солнечная система. Враг

Корабль висит, можно сказать, над Солнечной системой. Именно такой, какой она в учебниках истории показана: множество планет, всего один пояс астероидов и очень узкий. Значит, не было еще Марсианского Восстания — Марс совершенно необитаемый в первозданном виде висит в системе, демонстрируя мне в телескоп, почему планета называлась «красной». Жизнь обнаруживается только на орбите третьей планеты, а все остальное сводится лишь к едва заметным автоматическим зондам. То есть, можно сказать, картина соответствует веку двадцатому-двадцать первому по старому исчислению.

Я сажусь за капитанскую консоль в желании

послушать передачи, что идут с планеты. Если наблюдаемая картина фактической соответствует, то имеем мы излучение в радиодиапазоне. Вот в нем я поиск и задаю, чтобы для начала выяснить дату, а потом уже и расклад сил на планете, ибо история — это хорошо, но реальность может отличаться. Итак...

Спустя несколько мгновений я замираю, ошарашенно глядя на небольшой капитанский экран. Многокомпонентное стекло рубки управления демонстрирует мне систему, а на маленьком экране сияет дата. До рождения моих родителей не один десяток лет, а меня и в планах нет. Можно сказать, что о теперешнем времени почти ничего и не известно, так что нужна разведка. С другой стороны, можно особо не осторожничать, но маскировку все-таки натянуть.

Маскировка на «Якутии» довольно современная, суть ее состоит в том, что одна часть пространства проецируется на противоположную часть обшивки корабля. В таком случае звездолет исчезает для стороннего наблюдателя. Я полагаю, имеющейся маскировки хватит для довольно примитивных систем наблюдения нынешних людей.

Активирую маскировку и легко трогаю пальцем

маневровые двигатели. Ввести программу движения, конечно, проще, но отчего-то не хочется мне этого, поэтому двигаюсь на ручном. Солнечная система в таком виде осталась только в учебниках истории, и вот я вижу ее перед собой. И вроде отзывается что-то в душе, а, вроде, и нет. С одной стороны, у меня есть знания о будущем людей, но я помню написанное в учебнике: люди в это время не задумывались о выживании — лишь о деньгах, все меряя на желтые кругляшки золота и серебра. Эти металлы считались драгоценными, хотя ценность существования совсем в другом... Впрочем, надо понаблюдать, ведь мне, наверное, жить среди них, если... Если смогу.

Огибаю пояс астероидов, прохожу мимо красной планеты, выглядящей совершенно нетронуто. Значит, колонизация еще не началась, не было объявления независимости, не было ничего еще... Доисторические совсем времена, двигатели, полагаю, вообще ракетные, была такая технология на заре изучения Космоса. А вокруг третьей планеты туча буквально небольших объектов, и висит удлиненная сигара непонятного предназначения, растопырив плоские крылья. Скорее всего, это предок космической станции, древние же времена.

— Обнаружен «чужой», — как гром с ясного неба

звучит механический голос искусственного интеллекта. — Боевая тревога.

На капитанском экране виден черный корабль в виде «летающей тарелки», очень хорошо мне известный — это враг человечества, тот самый враг, для которого мы только мясо. «Западные партнеры», по слухам, с ним сотрудничали, не понимая тупиковости такого служения, а мы смогли уйти, только когда большой корабль был уничтожен. Носителя, кстати, я не наблюдаю, и интеллект «Якутии» тоже не наблюдает, значит, малый корабль здесь один, чего не может быть, насколько мне известно. И куда же он направляется?

Внимательно слежу за движением врага, чтобы понять, где у него база, а черный корабль летит по прямой, явно никого не опасаясь. И пунктир его курса указывает на спутник планеты — легендарную Луну. Неужели база черных кораблей именно там? Но появились же они намного позже! Лет сто, а то и двести до их появления еще, откуда тогда он здесь? Нет ответа на этот вопрос, но я постараюсь выяснить и уж точно уничтожить хоть кого-нибудь. Всё нашим полегче потом будет.

«Чужой» ныряет за спутник, и я трогаю манипуляторы, чтобы заметить, куда именно он денется. Корабль приведен в состояние боевое, потому орудия готовы, а я не чувствую ничего; впрочем, это не так. Мне кажется, я поступаю правильно, потому нет даже волнения. Меня всему этому учили, виртуально, но учили же, поэтому сейчас «Якутия» медленно обходит Луну, закрываясь ею от планеты.

И вот тут мне улыбается удача, ибо шансы поймать любой корабль во время входа в док крайне малы. Я вижу, как черный корабль входит во что-то, напоминающее именно док, расположенный в большом кратере. Видимо, тут их база. Понимая, что другого шанса у меня не будет, я быстро навожу маркер, задавая глубину удара в полкилометра, и разряжаю все оружие единым импульсом. Плазменная пушка выдает все, что может, а лучи лазеров сливаются в один иссиня-белый столб. Наружу выплескивается что-то серое, но я не спешу подходить ближе — мне выждать нужно.

В руководстве написано, что торопыжки долго не живут, поэтому я вишу без движения, только сместившись из точки открытия огня, чтобы посмотреть на реакцию «чужих», которой пока не наблюдается. Конечно, так называемый «золотой» выстрел возможен. То есть факт уничтожения всего на свете одним залпом... И хотя я внутренне чувствую, что так оно и есть, но верится мне слабо.

Если никакой реакции не будет, надо спускаться и смотреть, чем враги рода человеческого здесь занимались. Очень мне, на самом деле, надо. Потому что возможно именно это подарит людям на планете передышку. Так что это, пожалуй, шанс. Ну и руководство велит всегда проверять остатки врага, чтобы мерзость какая не вылезла наружу.

Ну вот пока жду, поставлю на запись, ведь если что, интеллект корабля меня дернет, а сам я схожу перекушу.

В эти древние времена гравитатора люди еще не знали, потому поесть да в туалет сходить было не так просто, даже интересно мне, как это у них в невесомости получалось. На «Якутии» гравитатор хороший, хоть и меньшую, чем на Земле, силу тяжести дает, но и не невесомость какая. Так что, можно сказать, повезло мне по сравнению с нынешними людьми.

Кстати, в книге по истории писано, что точно определить «своих» в эти времена невозможно было, ибо понимание своего выживания на деньги завязано. Понимание к ним потом придет, когда их жрать начнут... Нужно осторожным быть, вот что это значит.

Никакого шевеления нет, поэтому надо спускаться. «Якутия», как и всякий боевой корабль, обладает и планетарными катерами, и пустотными скафандрами. Прежде всего я проверяю состояние катеров, дав соответствующий запрос, а затем и скафандров. Так как при этом я двигаюсь по рубке, то ответ устанавливаю речью, ничего сложного в этом нет.

— Исправен аварийно-спасательный, бот сопровождения не отвечает, — сообщает мне, не сказать, что очень радостные, вести интеллект корабля, потому что спасатель безоружен и случись что... — Скафандры правого борта исправны.

Но это логично, учитывая, как пронеслась волна повреждений, уничтожившая экипаж. Значит, надо еще в трюм сходить, поискать там ручное оружие, ибо совсем голым идти — мысль плохая. Планы, можно сказать, озвучены, поэтому я спокойно иду вдоль коридора к лестнице, по которой опущусь на нижний самый уровень, в трюм. Мне не сам трюм нужен, а склад, это вторая от него дверь направо.

Серые, плохо освещенные коридоры внушают определенные эмоции, но я уже привык. Экономия ресурсов необходима просто, потому что кто знает, сколько нам еще летать. Ступеньки обычные — железо с перфорацией, насколько помню, это стандарт для экономии веса. Не пассажирский лайнер, чай, вот все на экономии да на функциональности...

Спускаюсь в самый низ, поворачиваю и иду в темноте до конца. Темноты я не боюсь, потому что не ребенок уже, а нападать тут некому — на звездолете из живых только я. Слева от искомой двери вспыхивает желтым кнопка, которую надо только нажать, а затем повернуть рукоятку регулировки освещенности. Здесь мне много чего надо, даже помимо оружия.

Пройдя мимо одинаковых рядов, уставленных зелеными оружейными ящиками, выбираю себе старый добрый «Калашников» с индексом «ЛП» — это значит «лазер» и «плазма». Не самый мощный из существующих, но проверенный временем и идеальный в условиях невесомости. Батарея у него полная, что может обеспечить с час боя, а плазмы зарядов на полсотни, что тоже хорошо, потому что никто не знает, что меня там ждет. После того как «западные партнеры» ударились в пиратство, оружие для космических боев стало необходимостью.

Дальше мне, судя по внутреннему ощущению, нужен изолирующий мешок, рюкзак для всякого разного, фонарь, нож... рука сама тянется к упаковке взрывчатки с временным замедлителем. Строго говоря, это небольшая термоядерная бомба, и я бы ее вообще в руки не брал, но все то же внутреннее ощущение говорит, что надо, а раз надо, сопротивляться не буду.

Я собираю рюкзак, поглядывая на стоящий тут же скафандр. Отчего-то мне хочется надеть именно его, хотя он относится к классу боевых, отчего функций у него больше, я всех и не знаю. Но не в силах противиться своему внутреннему желанию, я делаю шаг к боевому скафандру, предназначенному для абордажа. Надевается он легко, показывая полный заряд питья, кислорода и нормальную работу микрореактора. А еда в боевых скафандрах не предусмотрена. Так что если проголодаюсь, то придется терпеть.

Ходить в нем, кстати, удобнее и проще, чем в обычных пустотных. С рюкзаком на плече и штурмовой винтовкой в руке я спокойно поднимаюсь на один уровень вверх — тут весь уровень палуба занимает, взлетно-посадочная. Ну и стоянка, конечно. Сейчас-то она полна останков кораблей, которые сразу и не определишь, и только узкая игла спасателя стоит нетронутой.

Люк открывается, моя правая рука сразу же нашаривает тумблер, а левая — корабельную магистраль, потому как совершенно незачем заполнять драгоценным воздухом все никем не используемое пространство. Подключив магистраль, я двигаюсь в сторону рубки. Здесь она небольшая, даже несмотря на то, что управление все ручное, нет автопилота на спасателе.

Усевшись в кресло, подаю сигнал на взлет, и сам же его себе разрешаю — руководство никто нарушать не будет. На спасателе, кстати, остекления нет вообще, только экраны, потому что дырявить корпус вообще мысль плохая, ну а «Якутия» построена по старым еще правилам, когда считалось необходимым иметь возможность визуального контроля. Впрочем, сначала дело...

Судя по отсутствию шевеления и попыток радиообмена, попал я очень даже хорошо, значит, внутри, возможно, живых нет. Это вдвойне хорошо, потому как смогу спокойно разобраться, что там делали эти... Из того, что мы знаем, ну по фотографиям в учебнике — они членистоногие, чем-то похожие на пауков, что ли... Вот и посмотрю, зачем-то же они летали к Земле?

В Космос я выхожу легко, посматривая по сторонам, конечно, но из спасателя я вряд ли что увижу, впрочем, если что, меня «Якутия» предупредит. Воронка, получившаяся после удара, хорошо видна, как и какие-то ошметки непонятного назначения. Толкнув бегунок закованными в специальный пластик перчаток пальцами, добиваюсь переворота спасателя, готового войти в то самое место дюзами вперед.

Процесс посадки сам по себе очень непрост, но тут еще и не предназначенное для этого место, так что нужно работать аккуратно. Однако никакого противодействия действительно нет, ни сигнала, ничего. Либо это ловушка, либо я попал хорошо. Пытаюсь обратиться к своему внутреннему ощущению, но оно молчит. Что это значит, я не понимаю, надеясь только на то, что сюрпризов не будет. Катер тем временем медленно снижается, уже видны перекрученные элементы причальных конструкций. Вот что-то похожее на шлюз, туда я и подведу причальный манипулятор. Внутри у меня воздуха нет, как и снаружи, поэтому обойдемся без потерь, а пока...

Мой катер вздрагивает, знаменуя тем самым окончание маневра. Подхватив рюкзак и винтовку, я двигаюсь в сторону выхода. Постаравшись привести шлюз катера в соответствие с уровнем «пола», точнее того, что от него осталось, я, тем не менее, ожидаю сюрпризы. Диафрагмой раскрывается люк, демонстрируя мне картину полной разрухи. Видимо, что-то еще и детонировало, потому как вряд ли суммарный залп вызвал такие повреждения. И точно — корабль врага буквально разорван пополам, значит, в нем что-то весело бумкнуло, позволяя мне сейчас не думать о чужих существах.

Поворачиваюсь к люку переходного, насколько я понимаю, отсека подлунной базы, заметив, впрочем, что воздуха внутри, по-видимому, нет. Люк перекошен, не закрыт, поэтому я помогаю ему ногой, ударив со всей силы. Мысль оказывается правильной — препятствие исчезает. Я достаю мощный фонарь и делаю шаг внутрь, где ждет меня неведомое.

Луна. Неожиданные открытия

Здесь были люди. Какие именно — выясним потом, потому что все найденные бумаги я собираю, но вот узнаваемые люди в халатах меня несколько шокируют. Оказавшись в чем-то более всего похожем на лабораторию, я потерянно сажусь на кажущуюся крепкой кушетку. Озирая пространство, освещаемое моим мощным фонарем, я смотрю на то место, где оказался, совершенно не понимая, как такое возможно.

В моем понимании того, что я вижу, не может, да и не должно быть, но оно есть. Прямо передо мной стол, на котором мертвое тело совсем юной девушки с выраженными признаками моего народа. Погибла она не от удушья, как нелюдь, валяющийся на полу. Она разрезана. То есть убита и вскрыта. Чуть поодаль я замечаю костюм типа скафандра моего, только изображать он должен врага, а сидит в его половине... человек. Бывший уже, конечно, но тем не менее. Выходит, под врага маскируются... люди? Это совсем плохая новость, хоть нечто подобное я и слышал.

С трудом поднявшись на ноги, я понимаю, зачем мне с собой нужен заряд — это место надо гарантированно уничтожить, а потом разобраться со всеми бумагами, которые я тут нашел. Я не ученый, у меня за спиной только школа и три года курсов пилотажно-навигационных, поэтому полностью понять, что я тут нашел, мне сложно, но я постараюсь. Обнаружив еще и коробку с древними носителями информации в виде небольших прямоугольников, я забираю ее с собой.

Вся база представляет из себя комнату отдыха, лабораторный зал, в котором я нахожусь, и еще несколько кабинетов. Внутреннее ее строение высокотемпературный плазменный удар не выдержало, потому допрашивать некого. Может быть, это и хорошо, потому что о том, как допрашивать, только из телефильмов и знаю. Завидев сейф, вскрываю его кулаком, и вот тут обнаруживаются еще более древние носители информации, зато много. Будет мне чем заняться.

Закончив, я вынимаю прихваченный с собой

заряд, снимаю крышку, чтобы выставить время. Часа два мне точно хватит, сюда я меньше часа шел. Стараюсь не думать об увиденном, на звездолете поплачу. Поэтому прижимаю активатор, увидев спроецировавшиеся на потолок красные цифры, киваю. Пора мне обратно.

Иду довольно быстро, несмотря на перегруженный рюкзак. Мне в этом месте просто физически некомфортно находиться, потому стараюсь не задерживаться. Времени у меня достаточно, но... Как-то Иван Саныч, наш учитель по патриотизму, приволок древние фильмы — не знаю откуда — и вот там как раз были эти высокие цилиндры, наполненные непонятно чем. Только в фильме в тех цилиндрах инопланетяне были, а тут... Нет, нельзя думать об этом, просто нельзя.

Вот в таком состоянии я дохожу до катера, чтобы залезть внутрь, а затем, забыв даже подключить магистраль, резко стартовать из этого места. Жуткое место, просто кошмарное, я себе и не представлял раньше, что подобное может быть. На самом деле я, конечно, понимаю, почему девушка выглядела так знакомо, а труп в белом халате — не очень. Наверное, это и есть «западный партнер». Но вот тот факт, что в костюме врага тоже был человек, значит очень нехорошие вещи.

Я задумываюсь настолько глубоко, что даже не

прохожу процедуры посадки, впрочем «Якутия» на подобные нарушения никак не реагирует. Мне хочется плакать. Вот три года не плакал, даже когда увидел, что от мамы и папы осталось, а сейчас плакать хочу, потому что сил просто нет, но нужно снять скафандр и все собранное разложить. Носители информации ссыпать в приемный бокс искусственного интеллекта, а бумаги придется читать самому. Вряд ли меня после увиденного на этой странной базе что-то удивит.

Двигаясь практически без раздумий, я обнаруживаю себя в своей каюте, где предаюсь слезоразливу, как девчонка. Совершенно не помню, как здесь оказался, но сейчас просто реву. Такого предательства я просто не ожидаю. Получается, не «чужие» убивали наших, не «чужие». Хочется полететь к Земле и сбросить на нее что-то поинтереснее, да только не решит это ничего, вот в чем беда-то.

Надо заканчивать лить слезы и идти к бумагам. Может быть, если я отдам эти бумаги нашим, они помогут? Надо будет попытаться хотя бы, ну а не выйдет, тогда и буду думать. Я вытираю слезы, приходя в себя, ведь к такому меня точно не готовил никто. Наверное, мысли мои бегут по кругу, и очень, до зубовного скрежета, не хватает папы. Его рук, его поддержки, его уверенности...

Что же, пора подниматься. Я встаю, оправив сбившуюся наверх ткань комбинезона. Совершенно ничего не помню из того, что было после посадки, совершенно. Но сейчас я выхожу из каюты, направляясь в рубку, чтобы запросить выжимку с носителей информации, а затем посмотреть и бумаги. Ответ в них должен быть, и я его совершенно точно найду, ибо другого варианта нет.

Обычный серый коридор, поворот, еще один поворот с засохшими растениями на стенах. Будто показатель того, что кроме меня никого нет, эти цветы. Вот опущусь на Землю, хотя бы у речки посижу, как тогда, в последний раз. На закат полюбуюсь, в траве поваляюсь, по улицам древнего города пройду еще. А может, у моря высадиться? Ведь моря я почти что и не видел... Решено, надо будет присмотреть приморский городок. Документы сделает интеллект корабля, они в этом веке простые, вопрос денег мы тоже решим.

Думая так, я почти успокаиваюсь, буквально упав в капитанское кресло. Запрашиваю с клавиатуры выжимку и резюме обнаруженного, причем запрашиваю на голосовой информатор, потому что хочу это именно услышать, а не прочесть. Почитать мне будет еще что, а на слух я информацию лучше воспринимаю.

— Обнаруженные особи с индикатором склон-

ности к творению, — оживает механический голос.
— Нуждаются в уничтожении, как несущие опасность для богов.

— Ничего не понял, — сообщаю я вслух, понимая впрочем, что ответа не получу.

Наклонившись к клавиатуре, вызываю текст на экран, но все равно ничего не понимаю. Тот факт, что «чужих» называют «богами», я в результате осознаю, но вот все остальное... Выходит у меня, что есть какой-то отличительный признак у людей, делающий их привлекательными для этих самых «богов» только в качестве мяса. С другой стороны, я же своими глазами видел, что это тоже люди, поэтому понимаю: надо все читать самому, и очень внимательно, выжимка здесь не поможет. И, видимо, лучше сесть в каюте капитанской — там и стол есть, и экран удобный, так что смогу спокойно поработать, только еды еще натащить надо. Да, пожалуй, так правильно.

«С целью уменьшения численности популяции необходимо насаждать отрицание своего пола, отрицание желания иметь потомство и защищать оное», — строки, лежащие на помятом листе бумаги вызывают ужас, потому что описывают планы по уничтожению народов. Но вот конкретно эти — в них говорится обо всех людях, скопом, что совершенно не умещается в моей голове, потому что выходит, люди планируют уничтожение... людей.

Если в большей части бумаг фигурируют «славяне», а иногда и довольно четко — «русские», «китайцы», то в этой — никакого разделения, при этом описывается просто чудовищный план уничтожения человечества. Начиная от простого уменьшения численности посредством добавок в еду и каких-то операций с медициной, только я не понял, каких именно. Заканчивая отрицанием основных ценностей — семьи, мамы, папы, ребенка... И вот это не просто страшно, жутко это просто.

Я осознаю, что наши на такое не пойдут никогда, у нас другая культура, но вот кому и зачем нужно уменьшить численность «западных партнеров» и ради чего? Вот мотив совершенно непонятен. Были бы здесь взрослые, пожившие люди, они бы поняли, а я... что я могу? Разве что сделать копии и слить в планетарную сеть, потому что после такого не знаю, кому и верить. Интересно, планетарная сеть уже есть?

Откинувшись на спинку кресла, я понимаю — пройдет много дней и ночей, прежде чем люди начнут понимать, что на самом деле для них важно. И тогда мы объединимся, став одним народом. И враги наши объединятся, став мерзкими упырями. Смогу ли я жить среди людей... сейчас? Не знаю...

Впрочем, мне нужно рассчитать путь к Земле, чтобы оставить корабль под маскировкой, а самому на катере отправиться вниз, но перед этим озаботиться документами, деньгами, местом, где жить... Значит, двигаюсь к орбите породившей меня планеты. Даже если не смогу на ней жить, хоть пройдусь разок по земле родной. А потом... потом решу.

Чем ближе я к планете, тем больше убеждаюсь, что слить информацию в сеть будет самым правильным решением. И внутреннее мое ощущение о том же говорит. Интересно, как отреагируют эти... «западные партнеры»? Впрочем, у меня будет возможность фиксировать реакцию. А пока интеллект корабля анализирует информацию, которой щедро делится планета, почти никак не защищающая каналы связи.

— Шифрование примитивное, — отвечает на мой вопрос интеллект звездолета. — Генерация удостоверения личности завершена. Широко используются необеспеченные платежные средства.

Эту фразу я не понимаю, прося разъяснения.

Оказывается, кроме физических денег здесь существуют цифровые. И часто эти цифровые действительно лишь цифры, ничем не обеспеченные. Как они выживают вообще, интересно? Впрочем, это технические детали, а у меня, получается, разведка планеты. Обитаемой, что интересно, но такой модуль в обучении был. Я его, конечно, самостоятельно подключил, потому что нестандартный он, но изучил и даже экзамен сдал. Наверное, поэтому сейчас не теряюсь...

«Якутия» достигает установленной точки, до основной орбиты тут совсем недалеко, а вот идти придется на спасателе. Система маскировки у него есть, так что проблема небольшая, а вот всем кораблем на поверхность не сядешь, масса у него большая слишком, да и после всего произошедшего не очень идея, честно говоря. Итак, сначала надо слить информацию, для чего скомпоновать блок, выглядящий страшно, но имеющий доказательства.

— Достоверность инопланетной угрозы — единица, — предупреждает меня интеллект корабля, а я просто застываю на месте.

Дело не в том, что люди внизу не верят в инопланетян, а в том, что интеллект корабля выдал информацию без запроса. То есть он сам решил озвучить эту информацию, чего, по идее, делать не умеет. Поэтому я просто на всякий случай благодарю его, тоже голосом. Интересно, что это значит? Впрочем, если мне не показалось...

— Как тебя называть? — интересуюсь я, желая проверить свою совершенно фантастическую мысль.

— «Якутия», — звучит в ответ, и понимай как хочешь.

Но я попробую построить диалог. Теоретически искусственный интеллект может поддерживать несложный диалог, а если он вдруг развился, так даже лучше будет. Хотя с чем может быть связано подобное развитие, я не знаю. Мало у меня информации, на самом деле, но плакать не будем. А будем формировать пакет информации без указания «чужих», раз в них никто не верит. А передавать можно через вот то облако спутников, постоянно ведущих какой-то обмен с планетой.

— «Якутия», создай, пожалуйста, пакет информации, достаточно доказательный для взрыва, — прошу я, наблюдая за происходящим.

И ведь действительно выполняет мою просьбу, а затем ждет команды, самостоятельно наметив каналы передачи информации. Меня это не беспокоит, потому что внутреннее ощущение говорит о том, что так правильно. За время, прошедшее с момента просыпания, я привык к этому ощущению.

Привык доверять ему, хоть прошло совсем немного времени, но совета спросить не у кого, вот я и решил, что так правильно.

Вот и пошел пакет, правда, мгновенной реакции ожидать не стоит. А пока Земля крутится, я прикину, куда бы хотел опуститься. Понятно, что на нашей стороне. Языка тех, кто на западе, я не знаю, поэтому, наверное, стоит на теплое море. Я рассматриваю карту, и в какой-то момент мой взгляд притягивает небольшой городок, будто обнимающий море. Сейчас там осень, людей много, но это и хорошо — есть где затеряться. Думаю, высадиться нужно на окраине... Нет, переиграем, я вижу густой лес. Вот в лес эвакуатор опустится, а я пешочком пройду, не надорвусь. Катер замаскируется, поэтому его никто не найдет, да и ненадолго это. Понять, смогу ли я здесь жить... Ну и пройтись по зеленым лугам, как в песне поется.

— Готовим спасатель, — озвучиваю я свое решение.

Интеллект не отвечает, да и не нужен тут ответ. Наверное, я перед дорогой поем, посплю, успокоюсь — все-таки на Родину возвращаюсь, хотя где именно родился, не знаю. Тогда уже все было не очень хорошо, поэтому маленьких детей прятали очень серьезно, правда, мотив мне до сих пор непонятен, а судя по бумагам, смысла в этом особого не было, ибо они ненавидят всех нас — и детей, и взрослых. Впрочем, что уж теперь...

Надо мне хорошо отдохнуть перед встречей с Родиной, а потом уже быть собранным, хотя оружие, конечно, понадобится, но в этот раз планетарное. Интересно, есть у меня на борту планетарное оружие?

Земля. Первые шаги

Визуально ничего не происходит, по крайней мере, я этого не фиксирую, а происходящее в планетарной сети мониторить просто физически сложно. Именно поэтому я тихо и спокойно на рассвете опускаюсь в густой лес на гравитационных двигателях. Похоже, я был прав: технологии людей пока обнаружить меня не позволяют. Ну и хорошо так, наверное, значит, можно и погулять спокойно.

На мне адаптивный комбинезон, непробиваемый местным оружием, потому как он фактически скафандр из аварийного комплекта. Внешний его вид настраивается, ибо с собой я тащу много чего. Ну и оружие, конечно, не стоит без него — как местные люди относятся к древним и что у них на уме, не знает никто. А в руководстве написано, что лучше быть предусмотрительным, чем трупом, хоть мне и все равно почти. Но разведка планеты — хоть какое-то занятие, поэтому желание жить появляется.

Я выхожу из катера, оставляя его на потенциально опасной планете, поэтому срабатывает маскировка, отчего он будто растворяется в листве, а я, бросив взгляд на наладонник, двигаюсь в сторону города, выбранного базовым. Идти мне тут часов пять, но я, разумеется, схитрю — в рюкзаке у меня диск лежит в сложенном состоянии. Гравитатор там совсем слабенький, он ведь не транспортный, а скорее игрушка. Перед Исходом такие были популярны — мы по коридорам на них носились, ну а сейчас над поверхностью полетаю, чтобы время сэкономить.

Оглядевшись, не вижу никого, да и ночь еще фактически, поэтому залезаю в рюкзак, чтобы достать диск. На мгновение становится грустно — это папин подарок. Вспоминаю, как он мне подарил диск, как сомневался, но вручил, конечно. Вот маму я почему-то совсем не помню, возможно, что-то случилось еще до того, как... ладно, долой меланхолию, нужно двигать дальше. Раскладываю диск, активирую и становлюсь сверху. Вроде бы держит, значит, можно двигаться.

Медленно набирая скорость, вдруг ощущаю

глубинное какое-то счастье — я лечу. Не в тесном коридоре убежища, а прямо над травой, а сверху уже и солнце припекать потихоньку начинает. Небо голубое, только на фотографиях виденное, облака по нему скользят, а я лечу над травой, и хочется мне кричать от счастья. От совершенно детского восторга, овладевшего мной в этот час. Я даже забываю осматриваться по сторонам, поэтому вставший на горизонте город воспринимаю не сразу, но горящие огни приближающегося транспорта отрезвляют меня, заставив сильно снизить скорость.

Проехавший автомобиль — кажется, так они в это время называются — я провожаю глазами. Из него гремит ритмичная музыка, а водителю явно не до одиноких пешеходов. Прикидываю по наладоннику расстояние, и выходит у меня, что минут через пять нужно спешиваться. Лихо я, получается, пролетел, даже не заметив прошедшего времени.

По плану действий у меня так — нужно заселиться в гостиницу. С орбиты через планетарную сеть я уже «зарезервировал номер», так называется этот процесс. У местных очень интересная система отзывов о месте обитания: если одна звездочка, то это плохо, а если пять — то хорошо, и я выбрал то, рядом с именем которого пять звездочек стояло. Понятие «цена номера» для меня не значит ничего, раз деньги цифровые, именно потому я двигаюсь сейчас к намеченному месту, очень удобно расположенному — прямо вблизи моря.

Я, конечно, многого не знаю, но, насколько помню, в это время контрразведка еще не выискивала шпионов «западных партнеров» настолько внимательно, поэтому можно прикинуться не знающим некоторые местные реалии. Это же не как у нас — все стандартно, куда ни поедешь, а времена еще дикие, так что, думаю, все будет хорошо.

Захожу в город, начинающийся совершенно неожиданно. Вдруг появляются дома, сначала низкие, а потом очень высокие. Они стоят, будто мишени посреди прямых улиц, которые, впрочем, усыпаны ловушками — ямы можно встретить где угодно. Значит, не полностью беспечными были предки, уже хорошо. Возможно, эти ямы, на первый взгляд разбросанные как попало, выполняют какую-то особенную функцию, правда, я не знаю, какую. А вот и поворот.

Улицы становятся чище, но народу на них немного — в основном куда-то спешащие люди, и все. Они, тем не менее, делятся мнениями друг с другом, позволяя мне подслушивать, чтобы затем скопировать манеру речи, если... если будет для этого мотив, а пока мне нужно пройти еще два блока высоких домов, а там будет уже и обиталище мое.

Гостиница оказывается высоким зданием, с подчеркнутыми пятью звездочками на фасаде, стоящим среди сплошной зелени. Насколько я помню, деревья вырабатывают кислород, поэтому такое расположение логично — больше воздуха нужно для скоплений народа. Я спокойно подхожу к открывшимся передо мной дверям, за которыми длинная консоль обнаруживается. Подойдя к девушке, с удивлением глядящей на меня из-за консоли, я припоминаю, как именно происходит заселение. На эту тему я в планетарной сети фильм раскопал, поэтому сюрпризов быть не должно. Я кладу на стойку свой документ, а рядом расчетное средство, отчего девушка удивляется еще сильнее, но сразу же заулыбавшись, опускает голову.

Почему она так реагирует, я не понимаю, однако собрав карточки и получив еще одну, отправляюсь к себе в номер. Все проделывается мной молча, чтобы просто не попасть впросак, и кажется, у меня все получается хорошо. Поэтому, поднявшись во вполне обычно выглядящем лифте, я попадаю в свою временную каюту.

Она просторная. Это первое, что я замечаю. Большая кровать, огромные просто окна, диван, стол, стулья и темный экран, видимо с доступом в планетарную сеть. В сеть мне сейчас не надо, а нужно сообразить, что делать дальше. Можно полежать, чтобы отдохнуть, все-таки от земной силы тяжести я отвык уже за столько лет. Можно выйти на улицу, погулять. Можно выяснить, где здесь точка приема пищи. Вариантов довольно много, но я решаю пока не торопиться. Времени у меня сколько угодно, поэтому, думаю, надо пока отдохнуть, адаптироваться.

Одно из окон оказывается дверью на частично открытый балкон, но не такой, как в убежище, а наружу. С него видны полчища едва одетых людей, занимающих места на береговой линии, слышен шум, гам, визги, а еще — запах ощущается. Просто огромное многообразие запахов, которые я просто не распознаю.

Я смотрю на синюю гладь, протянувшуюся за горизонт, и здороваюсь с морем. Ведь я его раньше таким и не видел.

Я изучаю местную терминологию. Сидя с наладонником в планетарной сети, куда подключен через довольно простой и ничуть не зашифрованный канал, изучаю терминологию, принятую в эти древние века. Странно, между нашими временами и текущими прошло не так много лет, на самом деле, вряд ли больше полутора сотен, а терминология и образ жизни изменились кардинально. Но чтобы не выделяться, мне нужно все же разбираться и в терминологии, и в бытовых мелочах: как поесть, как что-то приобрести, как принято выходить к морю. Ну и результат заброса информации нужно изучить.

Вот тут меня ждут сюрпризы: заброшенной информации нигде нет. Неужели планетарная сеть настолько цензурирована? Раз так, мои действия просто ни к чему не приведут, и люди будут идти проторенной дорожкой. Но в таком случае хорошо, что я не поперся лично. Пришлось бы с боем уходить, а, как говорил наш инструктор по внешней среде, «вода дырочку найдет». Но что-то делать все же надо...

Пока что я изучаю внешнюю среду, кажущуюся мне какой-то непуганой. Судя по местному подразделению планетарной сети, людей интересует мусор, ведущие себя странно «туристы», разгуливающие по городу голыми. Отважные люди не боятся ожогов совсем, хотя и на береговой линии они практически голые — возможно, озоновый слой еще не истощился? Впрочем, так ли это важно?

Комбинезон меня от солнечных лучей любой интенсивности защитит.

Итак, надо пообедать. Можно пайком, взятым с собой, но это будет неправильно. Если судить по информации из наладонника, нужно пойти в «ресторан» и заказать еды. Еда может быть очень разной, и больше половины блюд я, скорее всего, не узнаю, но в планетарной сети содержится совет, как выбраться из такой ситуации. Следует, правда, учитывать и то, что здесь распространен алкоголь. Впрочем, с этим проще — в аптечке есть ингибитор, я проверил уже. Интересно, зачем в аптечке ингибитор алкоголя? Вряд ли я узнаю ответ на этот вопрос.

Выйдя из своего «номера», аккуратно закрываю дверь, взяв с собой белую с надписями карточку, служащую ключом, хотя она мне уже не нужна — все, что необходимо, включая ключ, я уже скопировал. Подхожу к лифту, потому что в небольшой инструкции, обнаруженной мной, было указано, что лестницы — для персонала, а для живущих в обиталище «гостиница» исключительно лифты. Глупая схема, на мой взгляд, но со своим уставом в чужой монастырь не ходят, поэтому давлю кнопку вызова транспортного средства.

Спустя полминуты лифт открывает двери, впуская меня внутрь, и тут только я вспоминаю, что не выяснил, где находится «ресторан», но, видимо, об этом уже позаботились, потому что в лифте стоит указатель, позволяя мне нажать нужную кнопку. Ресторанов здесь, оказывается, два — один внизу, а второй чуть ли не на крыше. Выбираю второй, из чистого интереса, и нажимаю кнопку, ощущая движение кабины.

Внутри больше никого нет. Одна стена зеркальная, дающая возможность мне рассмотреть себя, а остальные с металлическим отсветом, украшенные какими-то надписями и орнаментами. Всматриваться мне лень, поэтому я их игнорирую. Наконец лифт останавливается, убирая в стены двери, а за ним я вижу террасу. Большое пространство фактически под открытым небом — ибо тонкая стеклянная крыша вряд ли защищает от чего-либо — уставленное столиками на двоих и четверых. Прямо у лифта меня встречает местный обслуживающий персонал, интересуясь, чего мне хочется. Интересно, а какие варианты вообще могут быть?

— Я решил пообедать здесь, — извещаю я представителя обслуживающего персонала пожилого возраста.

— Прошу вас, — предлагает он мне следовать за собой.

Я пожимаю плечами, двигаясь в сторону столика чуть ли не на самом краю этой террасы. Свалиться вниз я, впрочем, не боюсь, потому что парашют мой комбинезон содержит — аварийный же комплект, поэтому мое лицо ничего не выражает. В руководстве из местной сети написано, что так правильно. Непредставившийся представитель персонала показывает мне рукой на стол, с уверенностью говоря, что мне здесь будет удобно. Ну, попробуем поверить, ему виднее. Представитель персонала, одетый в черный костюм и белую рубашку, уходит, оставляя меня наедине с черной папкой, но я уже решил действовать как указано в местной сети, поэтому содержимое рассматриваю без интереса.

— Определились? — подходит ко мне другой представитель персонала, помоложе, но одетый так же. У него в руках блокнот, на лице улыбка, а в глазах равнодушие.

— Удивите меня, — возвращаю я ему улыбку и кладу руку на меню. — Просто удивите, чтобы мне было что вспомнить.

— Как пожелаете, — кивает этот представитель, сразу же куда-то уносясь.

Так поступить советует руководство из планетарной сети, если нет ограничения по деньгам, но и желания разбираться в экзотических названиях блюд. Теперь подбор и гармонизация блюд — проблема персонала, а не моя. Часто так поступать не получится, но пока можно, наверное. Раньше или позже я адаптируюсь, конечно, а пока посмотрим, насколько местные готовы соответствовать мнению других. Все-таки пять звезд немало должно значить.

Мне нужно осмотреться здесь, расслабиться немного, а затем уже решать, где я буду жить, как и... Может быть, семью получится создать, но вот как обращаться с девушками, я не очень хорошо знаю. Больше всего времени я уделял учебе и шалостям с друзьями, а семья в моем понимании вполне могла подождать. Но если я собираюсь жить здесь, то имеет смысл подумать и об этом. Впрочем, для семьи нужна стабильность и общие ценности, как говорили нам на занятиях, так что, возможно, и получится.

Увидев, что мне принесли, незаметно принимаю таблетку ингибитора, принявшись копировать один из увиденных фильмов — пробую вино, оценивая его вкусовые качества, после чего прислушиваюсь к себе и качаю головой.

— Низкое качество вина, — объясняю я представителю обслуживающего персонала. — Есть примеси, кроме того, посторонние химические вещества добавляют горечи.

— Сей минут заменим! — как-то удовлетворенно взглянув на меня, сообщает он, моментально исчезая.

Выходит, он меня проверял, что не очень хорошо. Или я занял какую-то нишу, в которой подобные проверки норма, или это его личная инициатива, или… хм… надо будет посмотреть в наладоннике потом. Обязательно надо будет, потому что жить в постоянном напряжении мне не нравится.

Земля. Первая встреча

Можно сказать, действительно удивили, ибо из поданного мне я узнал только вино и хлеб. Впрочем, распорядившись записать блюда на счет номера, как это было указано в руководстве, ресторан я покидаю. Мне нужно отдохнуть после обильной еды, а вечером, после четырех наверное, прогуляться по улицам города. Возможно, сходить и к морю, хотя бы оценить состав воды, благо портативный тестовый набор обретается в спинном кармане.

Захожу в лифт, уже более-менее привычно тыкаю пальцем кнопку своего этажа и достаю наладонник. Интеллект «Якутии» работает, находясь на связи, именно поэтому мое подключение в планетарную сеть отследить сложно. Итак, у нас сейчас самое начало двадцать первого века, период Разделения, как он назван в учебнике. Это то время, когда бывшие братья стали врагами, желая вцепиться в мягкое брюшко нашей страны, как об этом говорят уроки Истории.

Сам не замечаю, как оказываюсь в своей каюте, называемой здесь «номером». Я внимательно читаю новостную выжимку, делящуюся на три категории — официальные каналы с низкой достоверностью, неофициальные со средней и анализ плавающей информации. Учитывая, что новости разделены именно на три категории, при этом нет разделения на Восток и Запад, сейчас у меня будут сюрпризы. Итак, сначала официальные новости…

Я тщательно вчитываюсь в список, замечая однотипность. При этом легко можно заметить, где какие — потому что «западные партнеры» и «восточные дикари» уже кое-где мелькают, но в общем: «наша страна самая лучшая, а вот они нехорошие». Понятно, почему достоверность низкая, так просто не бывает — как под копирку сделаны новости. Теперь что нам скажут неофициальные? Достоверность у них четыре по десятибалльной шкале, то есть тоже не очень так.

Локальные новости сводятся к качеству жизни и возрастающей преступности. Ну и привычное нытье о ресурсах, включая местные. Это я даже у нас не особо читал, человеку всегда чего-то не хватает. А вот всё, что касается других стран, сразу с язвительностью и отдает откровенной злобой, что говорит о глубокой и искренней «любви». Понятно, а выжимка?

«Установка, предназначенная для физических опытов, может создать локальную аномалию», — читаю я сообщение, поначалу даже не поняв, о чем оно, но лишь потом до меня доходит: местные решили построить установку, более похожую, судя по описанию, на субпространственный пробойник, прямо на планете. «Якутия» на эту тему мне скидывает лекции профессора Якушева о пространственных аномалиях. В эти лекции я и погружаюсь, пытаясь сообразить, почему новость идет первой.

Судя по прочитанному, если у аборигенов все получится, то возникнет локализованное альтернативное пространство, в котором возможно что угодно, а сами они могут и докричаться до кого-то неожиданного. А где имеет шанс возникнуть это альтернативное пространство, неизвестно. Интересно, конечно, но пока не сильно важно. Мне в это вмешиваться вообще без нужды, потому что расстояние велико, а я не физик. Вот только кажется мне, что может меня оно задеть... ладно, что у нас дальше?

«Частота появления новых высококонтагиозных заболеваний», — смотрю я на следующий пункт. Но рядом с ним уже пояснения, от которых несколько не по себе становится, потому что, выходит, сидевшие на Луне какие-то вирусы на людях испытывают. «Якутия» дает выжимку, которую я просто не понимаю. Люди все, совсем все, сделаны одинаково. Есть национальные особенности, но база общая, потому что генетическая совместимость, нам это объясняли. По другому поводу, но было. Так вот, вирусы не могут цепляться за эти особенности, потому что абсолютно чистокровных людей совсем уже не существует. Чего же они тогда пытаются добиться?

Из материалов следует, что вирусы предназначены для уничтожения одного народа, но это даже теоретически невозможно. Интересно, кто это вообще придумал и зачем? Может, недостоверная информация? Да нет, пометка достоверности стоит. Выходит, на Земле уже идет война, только такая, странная. Как они только не поубивали друг друга до наших времен... Впрочем, я в этом не разбираюсь, хотя уже понимаю — мне здесь будет трудно.

Резюмирую: официальной информации верить нельзя, неофициальной тоже, а работать только с выжимками «Якутии». Это все? А нет, не все. Количество пропавших детей и взрослых — перекос в сторону детей, причем статистический перекос, выходящий за линию среднего, то есть тоже непонятно. В основном, куда они деваются... Вопрос только в том, нужно ли мне это знать?

Если местные ничего с этим не делают, а информация доступна, значит, им это не надо. Времена нынче древние, дикие, как инструктор по выживанию говорил, поэтому, возможно, так работает естественный отбор, как бы грустно ни было от подобного. Это, конечно, очень печально, но что я могу знать о правильном и неправильном в этом времени? Вот именно...

Только одно понятно: аборигены не жалеют своих детей, им на них наплевать, а я не смогу так. Зная, что ребенка в любой момент могут украсть, да так, что никто не найдет, я не смогу спокойно жить. Отсюда имеем вопрос: а надо ли? Впрочем, сегодня только первый день, думаю, у меня будет возможность получить ответ на этот вопрос.

Я смотрю в наладонник, куда скачал ситуации повседневной жизни, чтобы привыкнуть к обычному поведению на улице, но понимаю — я так не смогу. Здесь принята наглость, зачастую хамство. Девушка может оказаться грубой, может сделать какие-то свои выводы, а может... просто лгать. И вот это мне кажется самым опасным, потому что ложь я не распознаю. Впрочем, сейчас никаких решений от меня не требуется, поэтому я наблюдаю за разными сценами через расставленные на улицах камеры и просто отчаянно скучаю.

Мне жутко не хватает родителей, нашего блока номер пять в подземном убежище, выходов на экскурсию на поверхность под защитой ракетных установок. Да, нам очень непросто жилось, и опасность нападения была ежедневной, но кажется мне, что жили мы честнее. В ежедневных тревогах, школе с утра до вечера, уроках патриотизма и выживания, владения оружием, мы жили лучше. По крайней мере, я знал, в чем моя задача как мужчины, состоит. И вот тот факт, что «западные» покусились на само это понятие — мужчины, защитника, для меня никак не сюрприз. Но вот то, что эти разрушительные мысли подхватили и прямо в этой стране... Вот это будто кувалдой по темечку. Неужели они не понимают?

Вечереет. Я прогуливаюсь по широкой улице, полной народа, по направлению к морю. Люди едят прямо на ходу, что-то пьют, веселятся, только кажется мне их веселье каким-то... натужным. Ну те, кто уже в состоянии алкогольного опьянения, вполне искренни, а вот остальные... Сложно мне, на самом деле, понять местное общество, кажется даже, что между ними и мной стена из композитного стекла, как в рубке «Якутии». Я иду по дороге к морю, ощущая себя чужим здесь.

Замечаю девушку в легком летнем платье, она довольно целеустремленно идет к морю. Округлое, немного вытянутое лицо ее выражает задумчивость, в едва заметно раскосых глазах грусть, но шагает она вполне уверенно и в нужном направлении. Я двигаюсь вослед, оценивая, как говорил инструктор семейной жизни, «экстерьер», и все мне нравится. Красивая девушка, красивая. Да и внимание мое довольно быстро замечает. Я уже предвкушаю знакомство, как в руководстве написано было, но тут взгляд незнакомки вдруг становится злым. Смотрит она на меня с угрозой, как овчарка сторожевая, отчего я резко останавливаюсь.

Почему она на меня так реагирует? Непонятно совершенно. Возможно, я ей кого-то напомнил или же не хочет она знакомиться на улице. Надо убедиться, поэтому, увидев, что она входит в кафе, спешу за ней, чтобы занять столик по соседству. Незнакомка замечает меня, я же прошу у официанта — так обслуживающий персонал называется — кофе. Тонизирующий напиток очень мне сейчас нужен, потому что не понимаю я реакции незнакомки. Не было ничего такого в руководстве. Я улыбаюсь ей, не разжимая губ, чтобы не приняла за оскал. Или это при встрече с дикими животными нельзя? Впрочем, сделанного не воротишь, и сейчас стоит только оценивать результат.

Интересно, мне кажется или во взгляде у нее действительно мелькает испуг? При этом она резко от меня отворачивается, а затем порывисто встает и, бросив на меня еще один странный взгляд, почти бегом покидает кафе. Очень на испуг на самом деле похоже. Но ни в планетарной сети, ни в руководстве запрета на произведенные мной действия не было. В чем же дело?

Я попиваю безвкусный кофе, при этом пытаюсь понять, что именно произошло, и не выходит у меня ничего. Может быть, я ее внешностью испугал? Мысли читать я не умею, так что записываю первую попытку в неудачные. Интересно, как они размножаться умудряются, если такая реакция на мужчин? Возможно, она чувствует во мне чужака, есть такая вероятность. Помню, на уроках рассказывали о подсознательных реакциях...

Расплатившись, поднимаюсь с места, чтобы продолжить свой путь. Нужно попробовать познакомиться еще с кем-нибудь. Если у всех реакция окажется одной и той же, то значить это будет только одно — не жить мне на планете. Эх, папа, как же ты мне нужен... Интересно все же, почему я не помню маму? Ведь была у меня мама, как-то же я на свет появился, где же она? Даже лица ее не помню...

Улица разветвляется. Слева парк, полный деревьев, и какая-то круглая штука, на которой молодые люди издают звуки, а справа — ступени куда-то вниз. Наверное, мне туда надо, ведь где-то именно там море. Вот сейчас посижу у воды, заодно проверю ее на безопасность, а там и мысли в порядок придут. Так я думаю, спускаясь по ступеням. Они где стальные, а где и каменные, при этом смысл такой архитектуры от меня ускользает. Впрочем, не мне критиковать сделанное другими, я всего лишь спокойно иду вниз.

Уже и звук моря слышен, очень характерный, как и рассказывал папа. Он в детстве бывал на море, а потом стало опасно. Понятно, почему опасно — враги кругом, поэтому у меня вышло только сейчас. Я спускаюсь ниже и вижу уже набегающие волны, на которые смотрю не отрываясь.

— Опять ты! — вдруг слышу я выкрик откуда-то слева. — Что тебе от меня надо? Зачем ты сюда пришел? — голос уже виденной мною незнакомки звучит агрессивно, с надрывом.

— На море посмотреть... — честно, но немного удивленно отвечаю я.

— Ври больше! — выкрикивает она, делая шаг ко мне, будто желая броситься. — Чего ты ко мне пристал?!

— Я не пристал... — не понимаю я происходящего, но ей мой ответ, по-видимому, и не нужен.

— Да пошел ты! — кричит она, совершенно выйдя из себя, после чего пропадает в сумерках, а я просто застываю, пытаясь понять, что происходит.

Наверное, я сделал что-то, что ее обидело? Или, наоборот, не сделал? Я достаю наладонник, чтобы задать вопрос искусственному интеллекту, потому что уже ничего не понимаю. Он выдает мне несколько версий, которые я пытаюсь оценить логически. Разве что она могла подумать, что я хочу принудить ее к оплодотворению, — здесь, оказывается, такое бывает. Это незаконно, но мало кого останавливает. Да, пожалуй, эта версия самая логичная. И что теперь делать?

Наверное, надо вести себя каким-то специальным образом, чтобы девушки не думали, что я их хочу немедленно оплодотворить. Все-таки этот процесс до образования пары невозможен. Я припоминаю, что знаю об оплодотворении. Сначала юноша ухаживает за девушкой, чтобы показать, что на него можно опереться, затем они образуют пару, некоторое время обитают поблизости — в соседних блоках, затем пара официально регистрируется и только после этого разрешено оплодотворение, а до тех пор надо держаться, потому что нельзя. А здесь, видимо, еще совсем дикие нравы, вот она и отреагировала агрессивно.

Все это значит, что эту девушку можно вычеркивать и лучше не встречаться с ней больше. Для нее я очень мерзкое существо, аж в груди болит от этих мыслей. Может быть, ну его? Отдохнуть подольше, а затем сразу улететь? Лечь в криосон без времени пробуждения, и пусть пролетают века?

Что-то я расклеился. Надо, наверное, попробовать еще, ну и посмотреть: это единичный случай или скорее правило — подозревать любого мужчину в таком. Заодно вечером надо будет изучить, как местные мужчины справляются именно с подобным подходом девушек, ведь как-то они все же размножаются? Я осознаю: возможно, метод мне не понравится, тогда он останется только для аборигенов.

Я усаживаюсь на камни возле самой воды, в задумчивости глядя на воду. Тут я вспоминаю, что сделать хотел, и лезу в спинной карман. Нужно проанализировать воду на безопасность, хотя снимать комбинезон внутренне не хочется. Значит, буду купаться просто так, прямо в нем. Ну это если нет каких-то неприятностей в воде — лицо-то у меня открыто. Я отделяю полосу анализатора от основы и погружаю ее в шипяще набегающие на камни волны. Конечно, сделать хотелось не совсем это сейчас, но технику безопасности придумали не просто так. Через пять минут я узнаю все о местных сюрпризах.

Земля. Размышления

Новости у меня две, и обе так себе.

Во-первых, море содержит очень много физиологических жидкостей, как будто я канализацию анализирую. То есть купаться я не буду, просто из брезгливости, хотя, возможно, это просто около берега такое, но тогда понятно, почему люди, занимающие береговую полосу, практически неодеты — для удобства извлечения жидкостей.

Вторая новость из наладонника. Местные мужчины, оказывается, не обращают внимание на мнение женщин, беря их измором, а где-то и силой. Это мне непонятно, но все же я понимаю, что так нервничать у девушки повод был, ведь она судила обо мне по другим. Плохая новость в том, что я так не смогу. Хорошо подумав, я решаю действовать, как указано в руководстве, ну там, где берут измором. Если метод действенный, тогда... тогда я себе противен буду, вот что.

Пока я раздумываю, перекусывая сухим пайком, потому что в ресторан не хочется, на наладонник падает следующая новость, уже от «Якутии». Но читать о происходящем на планете мне не хочется, хотя, похоже, есть реакция на вброшенную информацию. Меня одолевают совсем другие мысли теперь. С подобным отношением девушек я не смогу создать семью, значит, все равно останусь один. Есть ли разница между одиночеством на звездолете и одиночеством на планете? Наверное, есть. Я предпочту звездолет.

Вздохнув, поднимаюсь на ноги, чтобы еще немного прогуляться. За окном темно, людей на улицах стало меньше, а мне надо просто пройтись. Вот возможности просто погулять у меня на «Якутии» не будет, так что нужно пользоваться возможностью, пока она есть. Думаю, ненадолго она у меня есть, как-то душно мне здесь, совсем другие здесь люди.

Выйдя из дверей гостиницы, под удивленными взглядами стоящих неподалеку молодых людей я спокойно иду по уже знакомой улице. Чем же запала мне в память именно эта девушка? Нельзя же сказать, что красавица совершенная, просто было в ней что-то, что зацепило меня, как крючком. Наверное, поэтому реакция ее так обидела, да, скорее всего... Не зря все-таки мы ушли с Земли, да и история неслучайно так мало информации содержит об этом периоде.

Магазины открыты, в них продукты питания сомнительного качества, продается уличная еда, купить которую я не рискну, парни навеселе идут, а вон девушка. Есть в ней что-то притягательное, но опасаюсь я той же реакции, что и днем, хоть она и другая. Светлые волосы, зеленые глаза, улыбка какая-то не слишком добрая, одежда коротковатая, на мой взгляд, — у нас такая принята точно не была.

— Какой мальчик красивый, — подходит она ко мне. — Угостишь даму коктейлем?

— Почему бы и нет? — киваю я, поворачивая в сторону ресторана, хотя она собиралась в другую сторону. — Прошу.

И вот теперь ее взгляд становится другим — оценивающим. На меня так тренер смотрел перед первой тренировкой, до сих пор помню. Улыбка ее становится шире, а в глазах... В глазах улыбки нет, в них какое-то предвкушение и еще что-то непонятное. Я завожу ее в ресторан, на дверях которого что-то интересное, наверное, написано. Меня пытаются остановить, но я показываю платежное средство, и претензии исчезают. Как-то по мановению руки исчезают, при этом я слышу какой-то шепоток, что-то о дешевках, но не понимаю его.

Широким жестом предложив выбирать, я добиваюсь страха. Девушка меня вдруг начинает бояться, и причины этого я не понимаю. Она резко встает и как-то очень быстро убегает, поставив меня в тупик. Я встаю, ошарашенно оглядываясь, но вижу незнакомца представительного вида, причем явно не из обслуживающего персонала.

— Парень, — говорит он мне, — ты не разобрался. Погоди, подгоним тебе бабу соответствующую.

Я начинаю его расспрашивать и через некоторое время давлю в себе желание расплакаться. Вместо контроля своих физиологических реакций аборигены содержат женщин для спаривания по желанию и за деньги. При этом женщины подобным трудом дорожат. Встреченная мной девушка была из таких, но для более бедной категории людей, отчего она и испугалась, потому что сообщество у них кастовое. Вот только...

Я не смогу жить в этом сообществе, просто совершенно не смогу. Это невыносимо — подобное отношение. Но девушку, ту, дневную, я теперь понять способен. Раз здесь такое общество, то ее реакция вполне объяснима. На звездолет хочу.

Просто забыться в криосне — и все. И не будет у меня никаких сновидений, а спустя тысячи лет упадет «Якутия» на звезду какую-нибудь, даря мне покой. Вот такие у меня мысли, пока я после ресторана иду в направлении грязного моря.

Возможно, это из-за того, что я выбрал приморский город? А вдруг здесь люди неправильные просто, а отлети подальше, и будет иное. Только... Стоит ли вопрос создания семьи? Может быть, я уже решил все? Ведь я отличаюсь от людей здесь, очень сильно отличаюсь. Нужно ли пытаться адаптироваться к обществу, вызывающему не самые лучшие реакции? Да, все познается в сравнении...

Я медленно иду к морю, раздумывая о произошедшем. Наверное, не может мне помочь никакое руководство, ведь даже во-он та девушка смерила меня взглядом и с какой-то брезгливой миной отвернулась. Возможно, моя одежда не соответствует здешним стандартам знакомства? Нужно будет внимательно изучить планетарную сеть и завтра попробовать еще раз. Назовем это пробником. Если получится завязать знакомство, значит, теоретически есть возможность остаться здесь, а нет — так нет. В конце концов, я человек совсем другой эпохи.

К морю я не спускаюсь, усевшись на лавочку в увиденном вечером парке. Подняв голову, смотрю на звезды. С Земли они выглядят, кажется, совсем иначе — как-то теплее, что ли. Совсем скоро я вернусь на «Якутию» и двинусь в свой бесконечный путь, постаравшись забыть о том, что увидел на Земле. Да, наверное, так будет правильно. Как папа говорил: «Не жили богато, нечего и начинать». Видимо, для здешних девушек нужны исключительно здешние мужчины, а те, кто мог бы понять меня и принять тоже, затерялись где-то в пространстве и времени. Видимо, так и есть, потому что иных причин я не вижу. Все же по руководству делал! В чем дело-то? Завтра еще раз попробую, конечно, но что-то мне подсказывает, что все это бессмысленно. Не найду я здесь родственную душу, просто невозможно это. Дикие времена есть дикие времена, ничего с этим не поделаешь.

— Тоже незачем жить? — вдруг слышу я детский голос, резко опуская голову и разворачиваясь на лавочке.

Девочка Ира, сидящая в необычной повозке, на кресло чем-то похожей, если бы не большие колеса, меня совсем не боится. Ей, по-моему, все равно. Она еще мала, вряд ли старше десяти лет, но я вижу — она совсем одна. Как такое возможно вообще? У ребенка всегда есть мама и папа, даже если он потеряет своих родных, кто-то да найдется. Есть, конечно, те, кто не принял никого, я слышал, но... Она же маленькая!

— А почему ты одна? Что с тобой случилось? — интересуюсь я у нее.

— С нами, — тихо произносит незнакомая пока девочка. — Нам сказали, что была авария, мы теперь... Мы... Мы не можем ходить, — она всхлипывает, переживая эту катастрофу. Я вижу: для нее случившееся именно катастрофа.

— Мы никому не нужны, — слышу я еще один голос, и к лавочке подкатывается похожий транспорт с еще более младшей девочкой. — Нам сказали, что теперь мы ненужные и нас выкинут.

От этой новости я просто застываю на месте. Учебник истории такого точно не сохранил, но неужели люди сейчас настолько дикие, чтобы поднять руку на ребенка? Разве так может быть? Не понимаю ничего, но сначала надо хотя бы познакомиться и оценить информацию. Я будто снова в бою: собран и внимателен.

— Меня Виталием зовут, — представляюсь я. — А вас как?

— Я Ира, — сообщает мне та, которая постарше.

— А это моя сестренка, Таня. Скажи, а ты можешь сделать так, чтобы нас не было?

Они что, просят их убить? Да что сделали с детьми, если они желают смерти? Что вообще здесь происходит?

— Расскажи мне, почему ты хочешь, чтобы тебя не было? — прошу я Иру, потому что чувствую себя в каком-то фильме ужасов.

— Мы засыпали на яхте... — начинает девочка, но потом прерывается. — Нет, не так... Наша мама познакомилась с богатым дядей, — объясняет она. — Папу мы не знаем, а дядя повез нас кататься на яхте, хотя мы ему мешаем почему-то.

— Дядя повез вас кататься, вы уснули, — думая, что понимаю, о чем речь, резюмирую я. — Устали, наверное, сильно?

— Нет, — качает головой Ира. — Как-то очень быстро уснули прямо днем. А потом проснулись, и оказалось, что была авария и мамы больше нет, она пропала.

Найти их маму можно через «Якутию», в принципе, ничего сложного в этом нет, да только есть у меня подозрения странные. Тут Ира говорит, что услышала разговор, в котором говорилось о больших деньгах, поэтому она думает, что их обеих просто продали, а ноги сломали специально. Тут я достаю наладонник, интересуясь у интеллекта вероятностью такого события, а затем просто молчу, глядя на восьмерку. Искусственный интеллект звездолета обучается постоянно, вот, видимо, набрал информации, чтобы поставить меня в тупик, потому что подобное просто непредставимо. Я же ставлю задачу на поиск по сообщенным мне параметрам, затем возвращая внимание детям.

— А мама у вас родная? — интересуюсь я у девочек, сразу же задумавшихся.

— Наверное да, только злая, — неуверенно произносит Таня.

Речь у нее не очень четкая, но она довольно ясно формулирует предложения. Я начинаю расспрашивать о том, что значит «злая» в понимании малышки, и тут же сталкиваюсь с трудностями — она не может объяснить, при этом пытается рассказать, что внутри чувствует. И вот это очень похоже на мое внутреннее ощущение. А так как себе я верю, то могу предположить, что Таня говорит о подобных вещах.

Итак, мама у них была вроде бы своя, при этом их обеих не любила, дети это очень хорошо чувствуют, а тут еще и внутреннее ощущение... То есть что-то очень странное. Тут дает сигнал мой наладонник, заставляя обратить на него внимание. Я смотрю в экран, понимая, что подобное в голове не укладывается. За последние сутки в этом городе утратили способность к передвижению две девочки, при этом от них оформлен отказ.

Оказывается, здесь электронная документация доступна в планетарной сети, если знать, как до нее добраться, а «Якутия» — довольно мощный интеллект, поэтому и добрался, видимо, вывалив мне на экран все, что выяснилось. Дети сейчас в подвисшем состоянии, потому что «законного опекуна» у них нет, но при этом стоит отметка о какой-то опеке со вчерашнего дня. То есть в тот же момент, когда был оформлен отказ. Чудовищно, на самом деле, выглядит — как можно отказаться от своего ребенка, я не понимаю. И тут оживает мое внутреннее ощущение.

— А хотите пойти со мной? — интересуюсь я у девочек.

— Хотим, если обещаешь не мучить, — отвечает мне Ира. — И бить не часто.

— Детей бить нельзя... — растерянно отвечаю я. — И мучить тоже нельзя, совсем.

— Ты странный, — вздыхает она, подъезжая поближе, и задумывается. — Но, кажется, не врешь, поэтому мы согласны.

Не судьба мне вернуться в гостиницу. Может быть, оно и к лучшему — не буду строить из себя невесть кого. Теперь вопрос в том, как доставить детей к спасателю, идти до него довольно долго.

Хотя надо ли идти? Можно дать команду, он сам взлетит, долетит до нас и подберет. Значит, надо оказаться на краю города, только и всего.

— Давай я тебе помогу, — предлагаю я Тане, на что она кивает.

— А куда мы идем? — спрашивает она меня, показывая, как правильно везти ее повозку.

— На окраину, — отвечаю я ей. — Оттуда нас заберут в новую жизнь.

— Опять не врешь, — замечает Ира, пристраиваясь рядом. — Что же... Посмотрим.

Мне кажется, дети мне шанс дают, хотя ничего хорошего от жизни не ждут. Почему-то они очень легко поверили в предательство. Не в смерть «мамы», а в ее предательство, ведь во время рассказа Ира ни разу не упомянула о том, как неизвестная мне женщина о них с сестрой заботилась. Интеллект корабля мне, кстати, указал, как именно девочкам могли «сломать» ноги и зачем это может быть сделано. Вот это, кстати, стало откровением для меня, потому что органы для пересадки растят индивидуально, процесс занимает довольно много времени, а тут, видимо, пошли другим путем, который, кстати, ничего не гарантирует... Но в отношении детей подобное непредставимо, ведь их к смерти приговорили. Наверное, опять «западные партнеры», потому что кому же еще...

Мы идем не спеша, Таня, по-моему, дремлет, что понятно — ночь вокруг, Ира спокойно крутит колеса, как будто давно привыкла к ним, и это необычно, но подумаю я об этом потом. Улицы практически пусты, а поздние прохожие демонстративно от нас отворачиваются. Девочки, впрочем, на них и не смотрят, и я понимаю, почему. Дикие люди в этом веке, просто дикие, незачем мне здесь пытаться выжить. На звездолете действительно лучше, а теперь я еще и не буду один. Здорово, по-моему.

Приостановившись, я достаю наладонник, вбивая в него программу — взлететь, сохраняя маскировку, сесть в нужной точке, принять детей и меня, после чего — экстренно к «Якутии». Гравитатор там хороший стоит, так что проблем не будет, а на звездолете уже посмотрим, что там с ножками у нас и можем ли мы починиться на автоматике. Ну а если нет...

Высокая орбита. Дети

Ира и Таня поначалу даже не понимают, что произошло, оказавшись просто в замкнутом помещении. Они с непониманием смотрят на меня, а я, поддавшись порыву, глажу их, понимая, что спасатель сейчас ведет автопилот. Почему я о нем не вспомнил по дороге сюда, понятно — маршрута не было, потому все вручную, но вот обратно вполне может и автопилот привезти, некому тут на нас нападать.

— Потерпите немного, — прошу я девочек. — Сейчас прибудем.

— Мы тебе верим, — переглянувшись, заявляют мне дети, а я их глажу.

И вот тянутся они к ласке всем телом буквально. Это должно что-то означать, правда, что именно, я пока не понимаю. Не получилось у меня проверить руководство по девушкам, ну и хорошо. Знать, судьба такая, потому что дети важнее. Так как я указал максимальную скорость, то до стыковки, точнее парковки, минут пятнадцать у нас. Вот всё это время я их глажу, решив никуда из шлюзового отсека не двигаться. Горит ровный желтоватый свет, позволяя девочкам оглядеться, но тут почти ничего и нет — дверь в основные помещения, эвакуационный люк и шкаф с пустотными скафандрами, которые сейчас Ира и Таня разглядывают, но молчат.

Довольно быстро проходит время, пока почти незаметный толчок не сообщает мне, что путь закончился. Медленно открывается диафрагма внешнего люка, позволяя нам увидеть парковочную палубу. Я медленно вывожу молчаливых детей, останавливаясь возле снявшего маскировку спасателя и давая возможность сформулировать вопросы.

— Добро пожаловать на звездолет «Якутия», — не дождавшись реакции, сообщаю я. — Теперь здесь ваш дом.

— Я уже подумала, что ты инопланетянин, — немного расстроенно сообщает мне Ира.

— Разница небольшая, — вздыхаю я, еще раз

погладив обеих. — Потому что я из будущих времен, случайно тут оказался.

— Наверное, чтобы нас спасти, — с абсолютной уверенностью в голосе говорит Таня. — И теперь?

— И теперь поедем в медицинский отсек, — вздыхаю я, пытаясь представить эти повозки на ступеньках. — Будем смотреть, что вам со спинками сделали и можем ли мы это восстановить.

Задумавшись на мгновение, я понимаю: надо интеллект спрашивать, должен же быть путь доставки в медотсек неходячих. То, что я об этом пути не знаю, еще не значит, что его нет. Вытащив наладонник из спинного кармана, вбиваю запрос, одновременно небрежным движением вернув родную окраску комбинезону. Надо будет переодеться, да и девочек переодеть, потому как кто знает, что у них с туалетом, а корабельные комбинезоны рассчитаны на многое.

Через мгновение ко мне подплывает транспортная платформа на гравитаторах, сразу же опустившись на пол. Я завожу на нее сначала Таню, затем Иру, блокируя колеса так, как они мне показали.

— Это транспортная платформа, — объясняю я им. — Она вас довезет до медотсека, а там уже будем смотреть, хорошо?

— Как скажешь, — еще раз переглянувшись с сестрой, сообщает мне Ира. — Мы тебе верим.

Это дорогого стоит, такое доверие, на самом деле, я уж это понимаю очень даже хорошо, поэтому веду платформу за собой. По ступенькам поднимаюсь на уровень выше, где у нас медотсек. Во-первых, надо обследовать, а во-вторых, привить. Универсальную вакцину открыли совсем недавно, но привили всех, потому что кто знает, какие вирусы на новых планетах водятся...

Медотсек радует открытыми дверями, а я гляжу на медицинские капсулы, задумавшись. Девочек надо раздеть, но как они воспримут обнажение? Помню, девочки при мальчиках не раздевались, поэтому могут теоретически испугаться, а пугать их никому не надо, особенно мне. Наконец, присаживаюсь на колено, чтобы сравнять взгляды.

— Для диагностики вас нужно положить в капсулы, — мягким тоном объясняю я девочкам. — Для этого надо раздеть, но не испугаетесь ли вы?

— Если на спину положишь, не испугаемся, — не очень понятно объясняет мне Ира, начав расстегивать свое платье. — Помоги, пожалуйста.

Я помогаю детям избавиться от платьев, при этом не обнаружив белья, что меня удивляет. Насколько я помню, даже у детей уже принято трусы носить, но спрашивать пока не буду, вдруг это табу какое-нибудь. Лишь взяв в руки Таню, понимаю — их били. Никак иначе эти полосы на теле не объясняются. Теперь мне становятся яснее слова о «мучить».

Укладываю в капсулу сначала Иру, затем Таню, при этом ни та, ни другая никак на обнаженность не реагируют, а я же помню, что девчонкам очень такое не нравилось. Это что-то должно значить, но вот что именно... Я же не врач, не психолог, я пилот-навигатор и таких вещей просто не знаю. Значит, оставлю в загадки, потом буду разбираться. Вот учебник почитаю и стану думать. А пока желаю девочкам сладких снов и нажимаю клавишу закрывания. Они как-то очень легко засыпают, совершенно без сопротивления, а я произвожу манипуляции по руководству, висящему здесь же. Нажать клавишу диагностики, активировать экран, ждать рекомендаций.

Медицинские капсулы и автодиагност — это все новейшие разработки, толком не испытанные, но выбора у меня нет — надо помочь детям здесь и сейчас, а ни врача, ни вообще кого-либо, кроме нас троих, на звездолете нет. Поэтому я упираюсь взглядом в полукруглый экран, на котором уже появляются первые результаты.

Поврежден позвоночник, что-то там перерезано физически, поэтому исправить здесь невозможно

— госпиталь нужен, да и то шансы так на так. Не собирались их в живых оставлять, я это очень хорошо понимаю. В крови и органах фиксируются жидкости, которые можно назвать консервантами — чтобы органы получше сохранились в свободном состоянии. Значит, утром бы малышек убили дикари, вот что это значит. Ну а пока капсула выведет все яды, нехорошие вещества и починит что сможет. Ходить, правда, они не смогут, не госпиталь тут у меня, не госпиталь. Но мы что-нибудь придумаем.

Через мгновение оказывается, что придумывать ничего не надо — в углу медотсека стоят четыре капсулы белого цвета. При рассматривании оказывается, что это овоиды на гравитаторах, предназначенные для передвижения тем, кому ходить по разным причинам нельзя. Значит, замена повозкам девочек у нас есть. Ну это и логично: ранения бывают разные, поэтому такая ситуация вполне вероятна, а уничтожать тех, кто не может ходить, у нас не принято, мы же не «западные партнеры». Так что сейчас все плохое выведется, шрамы исчезнут, и иммунизацию еще, чтобы не подхватили ничего несмешного. А дальше позавтракаем и подумаем, что делать дальше. Мне кажется, отличный план.

Новые средства передвижения нравятся Ире и Тане больше старых, это заметно. Сначала, конечно, я помогаю им одеться — детские корабельные комбинезоны рассчитаны на очень многое, решают проблему туалета самостоятельно, что я девочкам и объясняю. И вот тут я вижу искреннюю радость в глазах обеих — они начинают улыбаться очень ярко, как будто я им подарок сделал.

— Что случилось? — не понимаю я такой реакции, ведь я думал как раз о способе убедить детей в том, что ходить «под себя» ничуть не плохо.

И тут оказывается, что малышки мои совсем не чувствуют, когда им надо, за что их бьют. А вот битье как раз они чувствуют, что мне кажется странным. Я даже бросаю взгляд на протокол капсулы, увидев теперь то, что не было заметно раньше: неравномерно погашены нервные окончания. Могло ли это получиться случайно? Думаю, вряд ли. Еще одна странность есть — когда бы их били, если они только-только?.. Значит, что-то было и до «аварии», в которой я теперь не уверен.

— Больше больно никогда не будет, — обещаю я девочкам, которых уже ощущаю родными. — А если доберемся до людей, то и ноги починят.

Путешествие

— А почему «если»? — удивляется Иришка.

— Понимаешь, маленькая, — я вздыхаю, гладя обеих, — нам нужно попасть в будущее, а как это сделать быстро, я не знаю.

— Значит, будем медленно, — пожимает плечами она, прижимаясь ко мне.

Я сажаю моих хороших в овоиды, показывая мягкий рычажок и регулятор скорости, который пока ставлю на самый малый ход — им освоиться надо. Я объясняю, как управляться с капсулой, и при этом мне кажется странным отсутствие удивления у детей. Для них все окружающее должно быть очень непривычным, непонятным, должно пугать или вызывать удивление, но ничего этого я не наблюдаю.

— Вы не удивляетесь тому, что нас окружает? — интересуюсь я у Ирочки.

— Нам немного страшно, — признается она. — Но мы тебе верим. А можно... — она замирает на мгновение, вглядываясь мне в глаза, при этом Танечка хватает ее за руку двумя своими и тоже поднимает взгляд, вглядываясь в мое лицо.

— Что, маленькая? — интересуюсь я, погладив обеих.

— Можно.... Можно ты будешь... — Ира явно боится того, что хочет сказать, и тут я понимаю, что именно сейчас прозвучит.

Несмотря на то, что ей сложно выговорить это слово — хотя чего она так боится, я не знаю — я понимаю... Они совсем одни на свете, у них обеих есть только я, а у меня так и вообще никого, сколько мы будем в полете, неизвестно, как и чем все закончится. На ее месте я бы спросил то же самое. А боится она, наверное, отказа. Опыт у малышки, видимо, сильно так себе, вот и боится. А я... Я представляю в этот момент, что Таня и Ира — мои. Сестры или доченьки, так ли важно название? Они мои. И представляется мне это почему-то очень легко. Наверное, потому что я всегда видел и знал, что такое настоящий папа? Видел его каждый день? Не знаю правильного ответа, но, уже почувствовав их, не желаю больше мучить, даже так.

— Я буду вашим папой, — улыбаюсь я, присев и обняв синхронно пискнувших девочек.

— Навсегда? — тихо спрашивает меня Танечка.

— Навсегда, — киваю я.

И вот теперь они плачут, совершенно по-детски плачут, как будто выревывают буквально свои страхи и боль от того, что оказались не нужны. Я понимаю — нельзя успокаивать, надо дать выплакаться, поэтому сижу на полу, обнимая моих солнышек. Мы совсем одни в глубинах Космоса, но разницы никакой, главное же то, что мы есть друг у друга. И я думаю, именно это важнее всего.

Путешествие

А пока дети плачут, я регистрирую их в судовой роли. Смысла от этого немного, но так просто принято, а руководства нужны, чтобы их исполнять. Итак, Ирина и Татьяна, года рождения потом заполню, а вот имя и фамилию нужно прямо сейчас, но фамилию мудрый интеллект заполняет сам, ибо других вариантов нет. Погоди-ка... Я же Крупицын! Я точно помню, что я Крупицын! Запрашиваю интеллект, но он мне выдает совершенно другой вариант и другую фамилию.

Все-таки я не могу понять, почему Винокуров, а не Крупицын... Впрочем, сейчас этого не установишь, а нужно дочек расспросить, когда они родились, чтобы правильно их записать. С фамилией буду разбираться потом, хотя я же точно помню... Могла ли нарушиться память от заморозки? Не знаю я ответа на этот вопрос.

— Вам сколько лет? — интересуюсь я, когда они немного успокаиваются.

— Девять... почти, — шепотом отвечает мне Ириша.

— А почти — это когда? — интересуюсь я.

— Пятнадцатого... — почти неслышно произносит она, опустив взгляд и показывая страх, при этом Танечка реагирует похожим образом.

Вот тут я осознаю: что-то тут не так, и начинаю мягко расспрашивать моих уже дочек о том, почему им страшно. Это ненормально, на мой взгляд, потому что день рождения — радостный праздник, отчего тогда? Торопиться нельзя, я понимаю это, поэтому расспрашиваю очень осторожно, пока до меня не доходит — надо выяснить, как проходил этот день у малышек. Но не сейчас, сначала покормимся, а вот потом аккуратно буду задавать вопросы. На корабле имеется и комната отдыха, а в ней экран. Надо только посмотреть в фильмотеке, что есть там в списке, потому что вряд ли пусто.

— Сейчас мы с вами поедим, — улыбаюсь я. — Посмотрим только, что приготовить можно, и сразу поедим, согласны?

— Да... папа, — медленно, будто пробуя это слово на вкус, произносит Танечка.

— Вот и умницы, — я хвалю их буквально за каждое движение, отчего хорошие мои расслабляются.

Выходит, непростой жизнь у них была в это дикое время. Но тут мои мысли перескакивают на еду — что бы им приготовить? По идее, есть склад длительного хранения, но хочется что-то необыкновенное. Дети обычно любят сладкое, поэтому можно шоколадную кашу сделать, ну манку с какао. Она и выглядит необычно, и автоповар с ней справится, и полезно будет — вон какие худющие. Решено, так и сделаю, потому поворачиваю в сторону кухни, ну и мои девочки со мной, конечно, расставаться они, похоже, совсем не согласны.

Им явно очень комфортно в комбинезонах, при этом они вообще ни о чем не задумываются, хотя пугаются всегда неожиданно и очень сильно. Все-таки что за тайна с их днем рождения? Да и с моей фамилией совсем странно. Фамилию Винокуров я вообще не помню, при этом внезапно оказывается, что я так зарегистрирован в судовой роли. Или меня с кем-то перепутали, или со мной тоже какие-то тайны связаны. Может ли такое быть?

Солнечная система.
Сюрпризы

Кормятся дочки жадно, приходится чуть притормаживать, чтобы не подавились, но мне хорошо заметно и как они голодны, и как опасаются того, что могут отобрать, ведь зачем-то тарелки они обнимают? Но это опять возвращает меня к мыслям, что не все так просто у них в детстве было. Жаль, что точно определить это уже нельзя, да и, положа руку на сердце, не надо.

— Ну вот, поели мои умницы, — говорю я им.

Я копирую и папу, и других родителей, которых в убежище видел, но, видимо, так правильно. Таня и Ира сразу же начинают широко улыбаться, сначала на мою похвалу отчетливо смутившись. И вот это, по-моему, тоже сигнал, ведь они, выходит, совсем к похвале непривычны. Что-то я уже опасаюсь планету под нами, кажется она мне совсем не той Землей, что была в нашем прошлом, более страшной и какой-то очень дикой.

— Предлагаю немного поспать, — заметив, что Ирочка давит зевок, предлагаю я. — Сейчас уложу доченек спать, колыбельную спою, и будут мои хорошие волшебные сны видеть.

— Колыбельную? — удивляется Танечка.

— Песенку, чтобы спалось слаще, — объясняю я, подумав, что они могут и не знать этого слова, хотя как такое возможно? В тюрьме их, что ли, растили?

— Нам? — расширяет глаза моя маленькая, которую я вынимаю из овоида, чтобы взять в руки.

— Вы у меня самые важные, самые лучшие, самые-самые, — объясняю я ей, и малышка опять плачет. Старшая сестра ее присоединяется моментально, а я поражаюсь жестокости диких людей.

Да, у нас бывает, что благо ребенка понимается по-своему, но ведь то, как они себя ведут, просто отрицает всякое благо. Их обеих просто мучили с какой-то непонятной мне звериной жестокостью. Вдруг они были в плену у «западных партнеров»? Может ли такое быть? Думаю, вполне может.

Мы медленно движемся в сторону моей каюты, куда уже должны быть переставлены две кровати, ведь приказ я дал через наладонник. Уложу девочек спать, а сам буду разбираться с загадкой своей фамилии. Очень мне это важно узнать, просто слов нет, как важно. А вот мотив такого интереса мне не очень ясен. Не все равно ли, как называться?

Планета внизу вращается, даже не зная о своем будущем. Интересно, как эти звери, называть людьми которых мне совсем не хочется, дожили до нашего времени? Почему не сцепились раньше? Опять множество вопросов и ни одного ответа. Сюда бы разведчиков, контрразведчиков, профессионалов, а не двадцатилетнего меня, в голове которого только курсы, школа и совсем капелька опыта.

— Вот здесь мы поживем, пока звездолет лететь будет, — я поворачиваю в распахнувшую дверь каюту прямо с Танечкой на руках. — Вот и кровати ваши, прямо рядом с моей, чтобы я мог вас во сне гладить.

Каюта у меня вполне стандартная — зеленые стены, небольшой иллюминатор, стенные консоли шкафов, и теперь уже три кровати, а стол убран в стену, ибо некуда его теперь сюда ставить. Дочки мои оглядываются по сторонам, но возражений не имеют, только Ира робко берется за ворот комбинезона, но я качаю головой. Ей страшно, я вижу это, и в глазах обреченное такое выражение появляется. Я кладу Танечку в кровать, накрыв поверх комбинезона специальной простынкой.

— Раздеваться не надо, — объясняю я Ирочке. — Комбинезон тебя внутри чистит и защищает, ну-ка...

Я вынимаю ее аккуратно, перекладываю в кровать, накрывая простынкой. Глаза у нее от того, что я говорю и делаю, очень большими становятся. Удивляется так доченька. Впервые, должно быть, по-людски с ней обращаются, что не просто необычно — это ненормально, как в темной древности прямо.

Вспомнив о колыбельной, пою ту, которую папа пел, — она очень древняя, о том, что все должны спать, но не на работе. Доченьки глазки зажмуривают и спустя мгновение уже крепко спят. Но уходить я никуда не буду, потому что если издевались над ними, то сны так себе будут, нам рассказывали в школе. Поискать информацию я могу и отсюда.

Достав наладонник, на мгновение задумываюсь, а затем начинаю вбивать запросы к памяти интеллекта. И снова у меня ощущение, что он мне помогает. Ларчик открывается довольно просто — Крупицыной была моя мама, только, как я вижу по годам жизни, она погибла, когда мне полгода было, при этом причина не уточняется. А меня записали под ее фамилией, как указывается, «для сохранения тайны». Интересно, что это за тайна такая. Безо всякой задней мысли задаю вопрос, узнав, что со времен прадеда наша семья находится под особым приглядом. Кем же ты был, Николай Винокуров? Судя по годам его жизни, он уже родился... Ой.

Я вспоминаю о той штуковине, что может создать аномалию. Задаю вопрос «Якутии» о возможности нанесения орбитального удара и понимаю, что теперь мне сдавать на этот раз практический экзамен, потому что параметры цели он мне отдает, а вот все остальное надо считать. Я контролирую попискивающих во сне малышек, гладя их, отчего они успокаиваются, и принимаюсь за расчеты.

Есть у меня мысль ударить либо в момент активации, либо сразу после. Вряд ли это уничтожит цель, но может что-то хорошее получиться. Внутреннее мое ощущение говорит о том, что поступаю я правильно. А раз так правильно, то и незачем долго раздумывать, мне еще волновой удар рассчитывать, что само по себе не очень просто. А непросто, потому что атмосфера есть, и с этой атмосферой тоже нужно что-то сделать, ибо справочник указывает на вторичную ионизацию. Что это такое, я, кстати, не знаю, но раз цель на территории «западных партнеров», то и не страшно.

Взвизгивает во сне Иришка, при этом руки держит так, что мне совсем не нравится — она спереди себя защищает. Я беру ее на руки, прижимая к себе. Диагност характерных следов не разглядел, но, может быть, просто пугали?

Покачав в руках девочку, укладываю ее обратно. Индикатор говорит о том, что пугали качественно. Ну ничего, сейчас мы поглубже удрыхнем, и все ладно будет. А я пока посчитаю дальше. По всему выходит, что силы плазмы хватит, то есть добавлять малоэффективными в атмосфере лазерами не надо. Это уже хорошая новость, даже, можно сказать, очень. Вопрос еще в том, как угадать момент срабатывания. Я думаю, у интеллекта есть решение.

Вот отчего мне кажется, что он намного разумнее, чем показывает, кто скажет? Но с каждым разом все больше убеждаюсь в том, что «Якутия» — вполне разумное существо, а не просто ящик с болтами. Наверное, надо будет как-нибудь с интеллектом поговорить... Как-нибудь потом.

Доченьки просыпаются. Пожалуй, я совершенно точно уже чувствую их своими, родными. При этом мне совершенно понятно, что им нужен именно папа, а не брат, чувствую я это так. Значит, буду папой, проблемы в этом никакой нет. Мне с самых ранних лет показывали, что ребенок в семье очень важен. Я знаю, у других бывало иначе, но тут, может быть, дело в том, что я Винокуров? Какой-то тайной окружена история моей семьи...

Пока дети просыпаются, я перепроверяю расчет, затем задумавшись. Надо будет бить сразу после активации неведомой... штуки, чтоб не сказать грубее, но при детях ругаться нельзя, я это крепко-накрепко запомнил. И после выстрела — быстро уходить, потому что результат непредсказуемый, а у меня дети на борту. Вот глазки открываются, и в этих глазах... Не понял!

В них любопытство, какое-то доверие и то выражение, с которым родители на нас смотрели, да и сестренка моя на папу тоже... Сестренка на другом звездолете оказалась, теперь-то я понимаю почему — растаскали Винокуровых, чтобы, если что, хоть кто-то выжил. Вполне укладывается в теорию нужности именно нашей семьи, правда, понять, чем таким мы важны, у меня не выходит. Наверное, это уже и неважно.

— Проснулись мои хорошие? — интересуюсь я у

девочек и осекаюсь, встречая очень серьезный Иришкин взгляд.

— Ты нас принял, — сообщает она мне. — Я чувствую, ты нас действительно родными считаешь, но... как? Почему?

— Потому что вы есть, — совершенно искренне отвечаю им. — Выспались?

— Выспались, — кивает она, находясь будто не совсем здесь.

— А что мы сейчас делать бу-у-удем? — спрашивает Танечка, характерно растягивая гласные.

— А сейчас мы умоемся, поедим, если доченьки голодные, и пойдем экран... в смысле, телевизор смотреть, — вовремя поправляюсь я.

Заулыбались еще ярче, доченьки милые. Я их по одной пересаживаю в овоиды, которые им пока ноги заменяют, и веду умываться. Санузел в каюте, разумеется, есть, потому что я капитанскую занял, как только экзамен сдал, так что мы весело умываемся, а затем мои хорошие выжидательно смотрят на меня. Знаю я такой взгляд, сам не так давно на папу похоже смотрел. Называется «Папа, реши за нас». Ну они у меня худенькие очень, поэтому мы есть идем, конечно.

— Тогда мы сейчас перекусим и отправимся интересные фильмы смотреть, — предлагаю я им, на что получаю синхронный кивок.

На камбуз наш путь лежит, так на боевых кораблях называется кухня. Нужно супу, наверное, дочкам приготовить, ну с этим автоповар сам справится. Человек ему, разумеется, нужен, но не сильно, только для контроля. И вот тут я вспоминаю, что на корабле роботы должны быть — пять-шесть единиц, правда, где именно, я не знаю, но у меня наладонник есть, вот он мне все и расскажет. Роботы, конечно, не те, о которых мечтал человек где-то в эти времена — железные коробки с теми или иными функциями — но вот на лунную базу я вполне мог сам и не соваться. Вспомнить бы раньше... Как папа говорил в таких случаях, умный, как бабушка потом.

Провезя их знакомым маршрутом, аккуратно расспрашиваю дочек на предмет того, что им нравится, что не нравится, и вот тут меня ждет еще один сюрприз, потому что у детей вопрос об одежде вызывает непонимание. У них есть понятие «какую дадут», и... и все! Но так просто не бывает! Даже в наше время повальной экономии такого не было, а в местном изобилии... Что-то очень нехорошее в их детстве было, очень, но расспрашивать я пока не буду, как бы не навредить.

— Сейчас ваш папа будет готовить суп, — задумчиво сообщаю я, тыкая пальцем в панель автоповара. — Точнее, суп будет готовить эта железная штука, а папа приглядывать станет.

— Ой, а как она работает? А откуда она знает, как готовить? А она сама может? — забрасывают меня вопросами доченьки.

И я, разумеется, отвечаю на эту тысячу вопросов, очень радуясь тому, что малышки мои оттаяли. Правда, произошло это как-то мгновенно, но я не врач, чтобы оценивать нормальность подобного. Если я правильно помню, с травмированными детьми нельзя разговаривать строго, и сердито тоже, поэтому нужно себя контролировать. И не забыть, кстати...

Я наливаю суп детям, когда звучит прерывистый сигнал вызова. Это необычно, потому что боевая тревога.

— Меня в рубку зовут, — сообщаю я детям. — Вы здесь поедите или со мной?

— А разве можно с тобой? — удивляется Ира, расширяя глаза.

— По инструкции нельзя, — качаю я головой, погладив обеих. — Но вы будете бояться, поэтому можно.

— Ты волшебный... — шепчет Танечка. — Мы с тобой!

До рубки тут недалеко, и спешу я изо всех сил, потому что сигнал тревоги так просто не раздается.

Пока бегу, выдергиваю наладонник, только чудом не «чебурахнувшись», тоже папино словечко, кстати. Влетая уже в рубку, я знаю, в чем дело: черный корабль появился в системе, будто из вакуума возникнув. Никакой воронки перехода, никаких эффектов — он просто возник и двинулся куда-то к планете.

— Этот корабль — враг, — объясняю я доченькам. — Он зачем-то плывет к Земле, поэтому мы подождем, чтобы не задеть планету.

— Ты чувствуешь, что так правильно? — интересуется у меня Ирочка, я автоматически киваю, и лишь затем до меня доходит.

Мое внутреннее ощущение правильности говорит о том, что черный корабль трогать пока нельзя, но Ирочка откуда знает об этом ощущении? Может быть, у нее есть нечто похожее? Надо будет расспросить, ведь я даже не знаю, как называется это никогда меня пока не обманывавшее чувство.

— «Якутия», — зачем-то голосом подаю команду я, — готовность к открытию огня.

Ответа не следует, загораются только маркеры подтверждения цели. И вот я слежу за «чужим» кораблем, довольно целеустремленно двигающимся в определенное место на планете. Приблизив изображение, я вижу тот самый приморский город, покинутый нами не так давно. Нехорошая догадка буквально пронзает мое существо — а вдруг моих малышек готовили не на конструктор, а на съедение врагам? Может такое быть?

Будто подтверждая мои мысли, там, куда направился корабль, что-то взрывается, ярко очень, отсюда видно, а затем происходит вообще непонятное. И вот тут я чувствую всеми фибрами своей души: врага надо перехватить. Именно захватить, а не уничтожить. При этом природу своих ощущений я не могу описать, но мнится мне — внутри кто-то важный лично для меня. Интересно, кто?

Солнечная система. Земля, прощай

Странно то, что явно непривычные отказываться от еды девочки остаются со мной, но об этом можно подумать и позже, а сейчас я увожу «Якутию» чуть вперед, чтобы перехватывать удобнее было. Кого именно перехватывать, я понимаю, даже основание для полета черного корабля мне понятно: за новой партией подопытных двинулся. Работать надо будет лазерами, аккуратно лишая движения, ибо как именно это сделать, «Якутия» откуда-то знает. Интересно, раньше интеллект таких знаний не показывал, впрочем... Все потом.

— Ты правильно делаешь, папа, — сообщает мне обнявшая Танюшу Ирочка. — Их надо спасти.

— Боевая тревога, — командую я голосом, потому что руководство так рекомендует, но в этот самый момент ощущение необходимого действия становится сильнее.

Я уже понимаю, что нужно делать, видя снова появляющийся на орбите вражеский корабль. Черная «летающая тарелка» совершенно не видна в Космосе, но приборы видят все. Мгновение — и к ней устремляются лазерные лучи сине-белого цвета, стараясь отстричь «низ», что у меня получается, потому что враг летит по прямой безо всяких маневров, что для этих кораблей не слишком обычно. Но мне же легче. Я подхожу к потерявшему ход судну и тут опять вспоминаю о роботах.

«Взять на борт чужой корабль, всех живых доставить в медотсек», — ввожу я команду, при этом будучи совершенно уверенным, что врага на этой «летающей тарелке» нет. Отчего я так уверен, не знаю, но, видимо, в этом есть какой-то смысл, потому что интеллект просто рапортует о принятии команды, а затем уже подает команды роботам, зачем-то визуализируя их на экране. Доченьки с интересом смотрят, но молчат.

— Сейчас мы возьмем корабль врага на борт, а живых доставят в медотсек, — объясняю я детям. — И тогда будем разбираться.

— Тогда мы кушать будем, — заявляет мне Танечка, улыбнувшись. — Но не сразу, потому что папе еще что-то сделать надо, только я не понимаю, что.

Я вижу, задумывается и Иришка, но я, в отличие от нее, понимаю, что именно мне сделать надо — постараться уничтожить ту самую «штуку», названия которой я не запомнил, а смысла существования не понял. В общем, оно и понятно. В этот момент звучит еще один сигнал, и на экране появляется внутренность причальной палубы. Тележка робота извлекает чье-то неодетое тело, явно находящееся без сознания, при этом черный корабль начинает осыпаться, как будто из песка сотворен. И в этот самый момент внутреннее ощущение буквально бьет по нервам, заставляя сменить картинку на экране, выполняя боевой разворот.

Я почти себя не контролирую, выходя в расчетную точку. При этом дочки тихо переговариваются о чем-то, но я не прислушиваюсь, потому что мне очень нужно прямо в этот самый момент ударить рассчитанным зарядом плазмы в расчетную точку. Еще не сейчас.... Не сейчас.... Не сейчас... Сейчас!

Я знаю, с носа звездолета сейчас срывается плазменный заряд, уносясь к поверхности. По дороге он слизывает несколько мелких спутников планеты, испаряя их, но это меня не тревожит, потому что внизу сейчас будет озеро лавы, не иначе. Зато они не смогут сотворить какую-то нехорошесть прямо сейчас. Возможно, именно это и позволит нашему народу выжить и осознать себя. Я знаю, конечно, что мы возникли в результате фактического объединения двух народов, хотя их было больше, но привык уже всех называть «нашими», вот и говорю так.

И вот тут, в тот самый момент, когда внизу темная ночная местность расцвечивается яркой вспышкой попадания плазменного заряда, меня вдруг отпускает это наваждение. Та самая сила, владевшая мной последние несколько минут, вдруг успокаивается, возвращая способность соображать, и наваливается голод, будто я не ел сутки, не меньше.

— А теперь обедать, — предлагаю я доченькам. — Поедим и посмотрим, что у нас поймалось в корабле врага.

— Ура! Обедать! — реагирует Танюша.

И мы движемся в сторону столовой. При этом я ловлю себя на мысли о том, что мне совершенно неинтересно, что именно случилось после моего удара, как будто на этом мои задачи закончились. Наладонник вибрирует, получая сообщение. Достав его, вчитываюсь, снова возвращаясь к мысли о какой-то необычной самостоятельности интеллекта — он самостоятельно разместил обнаруженное существо в медицинской капсуле, запросив диагностику и лечение. До сих пор считалось, что подобное невозможно и всегда нужен человек. Возможно, я чего-то не знаю об искусственном интеллекте... Впрочем, сейчас нам надо заняться питанием, а лишь потом разобраться с тем, что имеем, и думать, куда двигаться дальше.

Вот опять мы возвращаемся в столовую, при этом я замечаю, что суп еще не налит, хотя я помню же, что наливал. Что это значит? Возможно, только хотел, но не сделал, такое возможно. Я сразу же цепляюсь за эту мысль, принимаясь одаривать доченек тарелками, а ложки они сами находят. Мы садимся за стол, при этом мне кажется, будто что-то совсем незаметно, но изменилось в окружающем меня мире, а малышки мои едят как ни в чем не бывало.

Привычно кладу перед собой наладонник, чтобы не отвлекаться от еды, бросаю на него взгляд, но не увидев ничего необычного, приступаю к еде. Танечке, мне кажется, не очень просто, но она предпочитает есть сама, я помню, а вот Ирочка о чем-то раздумывает, и вот о чем именно, мне интересно. Наверное, додумает и расскажет.

— Умницы мои, очень хорошо кушают, — глажу я дочек, закончив с едой.

Я уже хочу запросить интеллект в отношении

лежащего в медотсеке, когда мой взгляд прикипает к дате и времени. Дата всё та же, но вот время... Еще даже не поняв, что делаю, делаю запрос на содержимое медотсека и состояние роботов. Я помню, конечно, что черный корабль начал саморазрушаться, когда вытаскивали пассажира, потому полетную палубу не опрашиваю.

«Вспомогательные самодвижущиеся механизмы находятся в консервации», — читаю я с экрана, по наитию дав команду на расконсервацию. При этом сообщение о том, что медотсек пуст, я уже ожидаю подсознательно. Я пытаюсь сообразить, как возможно то, что наблюдаю.

— Доченьки, вы не помните, мы черный корабль перехватывали? — интересуюсь я у них.

— Да, папочка, — кивает мне Танечка. — А потом в Землю — бух!

— Значит, с ума я не сошел, — делаю довольно простой вывод, снова задумавшись, а потом понимаю: для дочек ничего не изменилось!

И я, конечно же, начинаю объяснять, что, судя по всему, ничего этого не было, ведь медотсек пуст. Вот это их обеих сильно удивляет, а я раздумываю о причинах данного события. Без сомнения, странностей хватает — и неведомо откуда взявшийся черный корабль, и обнаженное тело на борту, при этом больше никого, и разрушение... Слишком много, на самом деле, непонятного, слишком.

Итак, ничего из того, что мы помним, не было — ни боя с врагом, ни удара по планете, «Якутия» висит на том же самом месте. Я даю команду на расконсервацию роботов, а потом веду Танечку и Ирочку с собой в рубку. Мне кажется, это будет правильным. Еще доверие их страшно просто предать, хотя, строго говоря, в рубке им делать нечего, но...

— А что мы делать будем? — интересуется у меня Ирочка, старшая моя дочка.

— Мы сделаем планете «бум» и уйдем, — пользуясь терминологией младшей, объясняю я. — Уйдем прочь от Земли, ведь ей еще предстоит развитие, а мы здесь чужие.

— Мы здесь чужие, — кивает, соглашаясь со мной, моя старшая.

Я усаживаюсь в кресло, дочки в своих овоидах занимают места рядом со мной, что-то при этом звонко щелкает, но не пугает. Это магнитные захваты фиксируют их транспорт, потому что пристегнуть обеих здесь не к чему. Но именно этот звук напоминает мне о руководстве по управлению, поэтому я пристегиваюсь.

Тронув манипуляторы, легко задеваю кнопку накачки главного калибра. Все расчеты мои уже у интеллекта корабля, потому процесс прицеливания и выстрела будет намного проще. Ну а пока я вывожу «Якутию» в точку атаки. Воспоминания уносят меня в ту самую прогулку по приморскому городу. Агрессивная девушка запала мне все-таки в душу. Красивая она и какая-то одинокая, наверное, потому так на меня и отреагировала? Трудно сказать, ведь опыта у меня совсем нет, да и поздно уже.

И тут звучит прерывистый сигнал, говорящий мне о появлении корабля врага. Как будто совсем недавно, в небывалом уже прошлом, он лезет на орбиту, только я не вижу откуда. Мне сейчас отвлекаться нельзя, кроме того, черная «летающая тарелка» ведет себя совсем не так, как в небывалой нашей были — маневрирует и, кажется, собирается напасть, но в этот самый момент «Якутия» приходит в расчетную точку, и я сразу же вжимаю клавишу залпа главного калибра.

Яркий шар полного залпа уносится вниз, выжигая все на своем пути, а я краем глаза наблюдаю за черным кораблем, в готовности активировать лазеры, ведь плазме надо несколько минут для восстановления. Но стоит внизу вспучиться яркому взрыву, и вражеский корабль будто мгновенно теряет управление — просто зависает на одном месте безо всякого движения. Кажется мне, что им как-то управляли с Земли, а я это управление уничтожил. Может ли такое быть? Вот чего точно не знаю… Но факт есть факт: черный вражеский корабль не подает признаков жизни. Поэтому я решаюсь — тронув управление, подхожу поближе.

— Сейчас мы возьмем его на борт, — показываю я доченькам на «летающую тарелку», — и посмотрим, что там внутри.

— Правильно, папа, — кивает Ирочка, будто точно зная, что нас ждет.

Ну, раз дети одобрили, то нужно подумать о том, как втащить на борт вражеский корабль. Как-то это очень легко у меня получилось совсем недавно, сейчас же я понимаю: жизнь — не игра, потому так просто не будет. Но можно спросить интеллект «Якутии», поэтому, достав наладонник, будто забыв в этот миг о возможностях капитанского пульта, я задаю вопрос.

Оказывается, у нас есть возможность эвакуации поврежденных катеров и малых кораблей, что нам сейчас, несомненно, поможет. Видимо, такой подход правильный, потому что интеллект звездолета подсказывает мне, как использовать захват левого борта, как втащить безучастный корабль на палубу и что делать дальше. А вот дальше будут работать роботы, которых я расконсервировал уже.

— Наверное, то, чего не было для всех, кроме нас, — это сон такой, — задумчиво произносит Иришка, взглянув мне в глаза.

— Наверное, — киваю я, наводя телескоп на побывавшее под моим ударом место. Отчего-то мне кажется это сейчас правильным.

— Ой, а там еще один такой кораблик! — удивляется Танечка моя.

Я вглядываюсь получше, и тут вижу — на планете, аккурат сверху той самой «штуки», мое внимание на которую обратил интеллект корабля, находился большой звездолет «чужих», очень похожий на уничтоженный неведомым героем. И вот в этот самый момент он взрывается, горит, и распадается на элементы, а вот под ним... такое чувство, что кольцо большое. Но после плазменного удара точно ничто уцелеть не может, потому добивать не будем, а, наверное, пойдем прочь от этой негостеприимной планеты, когда-то бывшей нашей Родиной, но ставшей мачехой.

Не убирая телескоп, я разворачиваю «Якутию» дюзами к планете и активирую гравитационные двигатели для выхода за пределы Солнечной системы, а вот доченьки мои смотрят на это буквально не дыша. Мы сейчас уходим прочь, оставляя за спиной дикое человечество. Людей, которые могут издеваться над детьми, да и над женщинами, вынуждая тех продавать свою любовь, чтобы выжить. Это же просто невозможно представить любому разумному человеку!

В эти года человечество прозябает в дикости, поэтому мне очень сложно было на поверхности, а уж знакомство с девушкой, кажется, оставило рану в моей душе. Почему она себя так со мной повела, кто знает? Но не судьба мне. Надо будет ингибитор принять, чтобы гормоны на голову не давили, и жить дальше. Вопрос «Куда лететь?» не рассматривается — в памяти «Якутии» имеется маршрут, туда и пойду.

Правда, лететь туда чуть ли не тысячу лет, или даже больше, поэтому будем двигаться в криосне, время от времени просыпаясь, чтобы изучить окрестности и определиться с местоположением. Да, думаю, так правильно будет, а пока я меняю масштабирование телескопа, вызывая слаженное ойканье.

— Это Солнечная система, — объясняю я доченькам. — Третья планета — наша Земля. Мы сейчас покинем ее, чтобы отправиться в глубины космоса.

— К нормальным людям, — задумчиво говорит Иришка. — Я согласна!

— И я! И я! — подхватывает заулыбавшаяся Танечка.

— Вот и ладно, — улыбаюсь я им, не забывая погладить, а сам прощаюсь.

Прощай, Земля, и дикое человечество, прощай. Я знаю, что больше никогда не увижу тебя, потому что мой путь лежит к Звездам. Человечество издавна стремилось к Звездам, желая найти братьев по разуму. Вот и я надеюсь, что однажды повезет и нам. Надо будет двигаться в маскировке и, наверное, вдали от звездных систем, потому что кто знает, что нас ждет? Очень хочется, чтобы там, в бесконечной дали, нас ждало только хорошее, но, наверное, мы просто будем вечно в пути, надеясь на несбыточное. Надо будет, кстати, и с дочками поговорить, раз их отпустило состояние шока, надо будет...

Пространство. Вторая попытка

Улыбаются обе, смотря на экран. Я им фильм из фильмотеки корабля включил, древний. Вот они у меня и улыбаются обе, немножко даже грустно, глядя на то, как люди Земли провожают в полет детей. И несмотря на то, что будут те в полете, родители, их страна, их народ ничуть не забывают юных героев. Каждую минуту с ними рядом близкие, оттого и улыбаются мои хорошие, хотя, наверное, скоро плакать будут, ведь я помню этот фильм.

— Сначала нам было все равно, — вдруг произносит моя старшенькая, сидящая, как и младшая, в моих объятиях, потому что им обеим это очень нужно. — А потом...

— Тепло стало... — шепотом добавляет младшая. — Ира сказала, что пусть будет, что будет, потому что нас скоро убьют.

— Вы знали, что вас хотят убить? — удивляюсь я этой новости.

— Чувствовали, — всхлипывает Иришка, вжимаясь в меня сильнее. — А ты пришел, и все исчезло, значит, нужно было идти с тобой.

Вот как... Значит, у моих хороших тоже есть это внутреннее ощущение правильности? Именно поэтому они мне доверились, и никаких сказок тут нет. Если бы я не чувствовал того же самого, то не знал бы, что и думать, но теперь для меня все встает на свои места. Нужно еще посмотреть, кого вытащили из черного корабля, но это после фильма, а теперь только в наладонник взгляну, куда вся информация поступает.

«Исполнительная особь врага уничтожена, решающая особь врага уничтожена во время питания», — светится на экране, отчего мне становится очень нехорошо, потому что как питаются «чужие», я знаю, на уроках рассказывали и показывали — они с конечностей начинают, чтобы «еда» выделила побольше адреналина. Это вещество для них как острая приправа, поэтому на результаты лучше не смотреть. Но ситуация может оказаться еще хуже, чем я себе могу представить, ибо если во время кормления все произошло, то человек в сознании находился.

«Особь женского пола жива, производится лечение», — это внушает какую-то надежду, а вот еще двоих спасать было уже поздно. Я, правда, не хочу знать, в каком они виде и как выглядят, поэтому они в закрытых боксах, чтобы их можно было похоронить по-людски. Ну а на уцелевшую «особь» будем смотреть. Интересно, почему ее интеллект корабля не назвал «девушкой»? Нужно будет это выяснить, потому что непонятно.

А на экране дети встречаются с иной цивилизацией. Я смотрю и даже сам не чувствую текущих по лицу слез. Столько взаимопонимания, тепла, дружбы... А единственная встреченная нами цивилизация принялась нас есть. Вот как это можно объяснить? Я понимаю, что фильм игровой и так на самом деле не было, но просто до зубовного скрежета хочется, чтобы было. Раз были уничтожены особи врага, то понятно, что они делали на корабле, но совершенно неясно, откуда взялись. Впрочем, так ли это важно?

«Черный корабль потенциально опасен», — сообщает мне интеллект «Якутии» в ответ на мой логичный запрос. Это он прав, на самом деле, поэтому я даю указание вытолкнуть «летающую тарелку» в

Космос, не производя торможения. Она тогда некоторое время будет лететь рядом, ну а потом затормозит обо что-то, или я ее лазером расстреляю. Скорость-то у нас уже привычная — девятка, или ноль-девять, то есть идем на субсвете, и идти нам так долгие годы еще. Впрочем, я это и так знал, ничего нового. А что у нас с живым, так и не ставшим едой?

«Состояние удовлетворительное, расчетное время пробуждения... Генетический код человеческому не соответствует», — я едва удерживаю себя в руках, прочтя это. Девочки видят, что я занят, и не мешают, а я запрашиваю подробности. В ответ «Якутия» рисует мне графики, соответствие человеческого генокода и того, который у девушки, при этом без запроса выводит и вражеский, не имеющий совпадений с нашим. Выходит, неизвестная совместима, но при этом точно не человек. А кто тогда?

— Интеллект говорит, что спасенная девушка не человек, — информирую я дочек. — Для нас это не проблема, просто интересно, откуда она на Земле взялась?

— Может быть, случайно... — пожимает плечами Иришка, которой фильм интереснее.

А я задумываюсь — могла и случайно попасть, это правда, но тогда ей нельзя на Землю, да и невозможно это уже — мы далековато ушли. Если ее ищут, то мы поможем, но найти домашнюю планету вряд ли сможем. Впрочем, сейчас важнее всего девушку вылечить, особенно если ее начали есть. Вот досмотрим фильм и пойдем, посмотрим, в каком она состоянии. Вопрос только — брать дочек с собой или нет? Думаю, имеет смысл взять, потому что доверие не бывает чуть-чуть, оно или есть, или нет. Ничего страшного уже произойти не может, а мы одна семья, так что девочек я с собой возьму.

— Спасибо, папа, — тихо произносит младшая.

Я в ответ глажу ее, сообразив сейчас: она как-то почувствовала мое решение. Вряд ли прочла мысли, хотя такая идея в первый момент и возникла, просто почувствовала мое решение. Интересные способности у доченек, на самом деле. Может быть, их именно поэтому хотели убить? Могли ли приговорившие их существа знать об этих способностях? Я уже, пожалуй, во все верю.

Если представить, что малышки мои как-то связаны с «черными кораблями», то есть их хотели не разобрать на запчасти, а скормить врагу, который как-то умеет определять такие способности, то ситуация еще страшнее, и тогда я понимаю, почему мы жили в убежищах под защитой очень мощных ракет. Может быть, дело было не в «западных партнерах», а именно во враге?

— Все, папа, мы готовы! — отвлекает меня от мыслей Танечка.

Я пропустил весь фильм, погрузившись в свои размышления, оказывается. Что же, значит, пора отправляться в медицинский отсек, чтобы познакомиться с той, кого нам удалось вытащить из чужого корабля живой. Вот кажется мне, тем не менее, что не все так просто и приключения еще будут. Но и выход на крайний случай у меня есть — положу в капсулу криосна, она еще гибернатором называется, и пусть спит. Это не очень честно, зато всем спокойнее будет.

Наверное, я что-то опять чувствую, только не понимаю пока, что. Веду с собой дочек моих, держа их за руки, а сам думаю о том, что нас ждет дальше, хотя понятно что — будем погружаться в сон и просыпаться время от времени, дабы определиться во времени и пространстве. Конечная точка у нас определена, и я верю: когда бы мы ни прилетели, люди не оставят нас без помощи. Вспомнят они меня или нет — это не так важно, главное же, чтобы у малышек были ножки, чтобы они не плакали и были счастливы. Это на самом деле главное.

Вот и капсула. Девушка в ней еще спит, но я ее сразу же узнаю. Это именно она на меня так вызверилась в том самом городке. Почему, ну почему из всех возможных вариантов мне всегда достается худший?

Я смотрю на нее, задумавшись, потому что не знаю, что делать дальше. По-хорошему надо будить, проверять, что удалось исправить, что нет, и разговаривать. Будь это кто-то другой, я бы, наверное, так и поступил, но вот именно эта девушка, непонятно отчего на меня так разозлившаяся еще на планете... Как она меня воспримет? Как врага?

— Ты знаешь ее? — интересуется Ирочка моя.

— Знаю, доченька, — тяжело вздыхаю я, решив от детей ничего не скрывать. — Я встретил ее в городе. Она привлекла мое внимание, поэтому мне хотелось познакомиться, но...

— Убежала или нарычала? — сразу же спрашивает Танечка.

— Нарычала, — грустно улыбаюсь я, глядя моих девочек, что им очень нравится.

— И теперь тетенька голая... — задумывается о возможной реакции старшая моя. — Давай тогда мы ее будить будем, а потом уже к тебе приведем?

Сначала я хочу возразить, но затем останавливаю себя — ведь я им доверяю. А доченьки мои предлагают действительно хороший выход, но что будет, если незнакомка их обидит? Если ударит? Значит, нужно подстраховать роботом, который остановит ее при попытке сделать что-то моим хорошим. Я присаживаюсь на пол, чтобы сравнять наши взгляды, хотя овоиды гравитационные, то есть летать могут, но малышкам просто так нравится.

Я смотрю в их глаза и понимаю — обо всем уже подумали мои хорошие, поэтому будет правильно им поверить, ведь кому еще верить, как не детям? Так говорил мой папа, и, по слухам, так говорил даже Николай Винокуров, мой прадед, получается?

— Хорошо, — киваю я обеим одновременно. — Я тогда побуду... В столовой?

— В столовой, — радостно кивает мне старшенькая. — Все равно туда придем!

— Тогда смотрите, — и я начинаю объяснять, как правильно будить, как открывать и закрывать капсулу, что делать, если девушка будет агрессивной, и как усыпить обратно, если не останется выбора.

— Папа за нас боится, — замечает Ирочка, на что ее сестра уверенно кивает, как будто иначе и не может быть.

Затем я вынимаю комбинезон для незнакомки, подходящий ей, судя по протоколу капсулы, по размеру. Лишь кинув взгляд на протокол лечения, понимаю: не все так просто, но разглядывать я его буду не здесь, с наладонника все увижу, да и включиться в камеру отсека смогу, так что сам все увижу. Именно поэтому желаю удачи доченькам и отправляюсь в сторону столовой. Кухня к ней непосредственно примыкает, а стену-разделитель убрали еще, по-моему, до старта. Непонятно, кстати, почему, но факт есть факт.

Я иду к столовой, уже достав наладонник, конечно. Малышки мои зависли возле капсулы, о чем-то негромко разговаривая, но я пока не подслушиваю, успею еще. Просыпаться агрессивной незнакомке уже можно, о чем и говорит зеленый индикатор капсулы, но доченьки не торопятся. Я же вызываю протокол лечения, очень сильно радуясь тому факту, что капсулы у нас автоматические. Это изобретение наших инженеров, потому что врачей может под рукой не оказаться. Вот как сейчас. Итак, что у нас там...

Девушку явно били — довольно характерные повреждения мягких тканей, при этом произошло это сравнительно недавно, но повреждения уже залечены. У нее было небольшое кровоизлияние в мозг, что тоже исправлено уже, а причины его я просто не пойму — медицинским языком написано. В общем-то, это все... ну и химия какая-то странная была в крови, чем-то на обнаруженное у малышек моих похожая, это тоже решено. Ну и хорошо, кстати.

Я иду на кухню, ибо надо приготовить обед для детей, ну и для незнакомки. Испугается она меня или нет — не так важно, кормить ее все равно нужно. Кладу наладонник перед собой, чтобы видеть происходящее, а сам занимаюсь готовкой, благо нужно порезать, почистить и в автоповаре программу выбрать. Слышал я, что изобрели уже машины, которые вообще все сами делать умеют, но это все на уровне слухов, да и проще мне так, привычнее.

Вот есть первая реакция, насколько я понимаю — девушка в капсуле какие-то движения изображает, при этом мне непонятен мотив этого. С ней разговаривает Иришка, при этом улыбаясь. Видимо, уговаривает, отчего незнакомка вроде бы успокаивается. Идет вверх крышка капсулы, и я замираю, готовый нестись детям на помощь, но все проходит на удивление спокойно. Вот теперь можно включить звук.

— Ма-марина, — слышу я в динамике.

Видимо, это ее имя. Лицо у Марины красное, она вся в слезах, но при этом ориентируется быстро, натянула комбинезон, едва увидев его. Таня что-то спрашивает, при этом я не могу расслышать, что, на что девушка кивает, а вот старшенькая моя задумывается, затем выдавая себя. Она точно знает, что я за ними приглядываю, потому, наверное, так уверенно и держится.

— Папа, а можно Марине показать, откуда ее достали? — спрашивает доченька, подняв голову к потолку.

— Можно, — автоматически отвечаю я, застучав пальцами по проекции клавиатуры. — Только вы с сестрой глаза закройте.

Сейчас на стене медицинского отсека зажжется экран, на котором будет показано все, что сняла камера автоматического регистратора. Именно поэтому я прошу детей закрыть глаза — незачем им это видеть. В каком виде достали полусъеденных, я себе вполне представляю, нам в школе показывали, я после этого спать не мог. Вот и не нужны им эти картины.

А Марина вполне ожидаемо плачет. По-моему, у нее истерика от увиденного, что я вполне могу понять. Ведь регистратор зафиксировал не только жертв, но и «питавшихся», которые были уничтожены немедленно. Не умеем мы «гуманно» относиться к тем, для кого мы всего лишь мясо. Вот она и увидела, что те, кто ее хотел... В общем, нет их уже.

По-моему, Марина уже готова к разговору,

вопрос только в том, не испугается ли она меня? И что делать, если испугается?

А Ирочка моя уже рассказывает о том, что мы на космическом корабле и сейчас будет обед, если Марина обещает не пугаться и не бить их папу. От такой постановки вопроса девушка явно входит в состояние, близкое к ступору, но затем кивает, соглашаясь. Как-то слишком быстро, по-моему. Мне кажется, истерика у нее быть должна, причем протяженная по времени, а тут как-то очень быстро успокаивается Марина. Впрочем, что я знаю о девушках?

— Папа, мы идем! — звонко сообщает Танечка, опять почему-то обращаясь к потолку.

А вот и обед наш на сегодня. Называется он «грибной суп», и даже грибы в нем настоящие. А на второе будут у нас макароны, только не по-флотски, а с рыбой, потому как нельзя сейчас мясо демонстрировать ни Марине, ни дочкам моим. Просто на всякий случай нельзя. Потому что мало ли какие ассоциации у них будут.

— Ты?! — ошарашенно спрашивает, скорее даже восклицает, Марина, входя в столовую.

И как интерпретировать эту реакцию?

Пространство. Начало долгого пути

Не знаю, что хотела сказать или сделать Марина, но доченьки ей этого сделать не позволили, просто утянув за стол. Мы обедаем, не разговаривая, а я все пытаюсь понять, что теперь будет. Мое внутреннее ощущение на эту тему молчит, оставляя меня в полной растерянности. При этом Марина кажется мне тоже растерянной, даже, можно сказать, потерянной.

Если поставить себя на ее место, хоть это и сложно, что-то сообразить можно — не будь детей, она бы обвинила меня во всех смертных грехах, а так совершенно не знает, как реагировать. Надо попробовать с ней поговорить, что ли, — но что сказать, учитывая ее агрессию? Совершенно не понимаю, как себя вести. И в этот момент Иришка откладывает вилку.

— Папа тебя опасается, — объясняет она Марине. — У вас знакомство не очень получилось, ну, первое. Но еще он не отсюда совсем, поэтому ему непонятно, как себя вести.

— Но я... — хочет что-то сказать девушка, однако старшенькая моя не дает ей этого сделать.

— Нас должны были убить утром, — грустно произносит она. Я же вполне рефлекторным жестом просто сгребаю ее и Танюшу в объятия. — Мы ушли из больницы, — продолжает она. — Потому что знали: утром нас не станет. Хотелось хотя бы напоследок...

Очень страшны для меня ее слова, просто жуткие они. И пусть я уже знаю, что говорит она правду, но менее жутко от ее слов не становится, а Марина просто застывает на месте, перестав жевать. Она, видимо, пытается представить, как это возможно, и не может, а старшенькая моя продолжает рассказ.

— Я увидела его случайно совсем, — вздыхает Иришка, прижимаясь ко мне. — Он сидел, глядя в небо, и было ему очень тоскливо. И тогда я подъехала к нему в коляске, а он...

— Он позвал нас с собой, — будто продолжает ее фразу Танечка. — Спросил даже, а мы... нас бы все равно же... — она плачет, и я прижимаю ее к себе.

— Папа, расскажи, что значит для тебя «девушка», — просит меня старшая дочка. — Не Марина, а просто девушка, для чего они нужны?

Совсем детский вопрос, но вот ответ на него совсем не детский. Я припоминаю папины слова и просто повторяю то, что знаю с детства. То, что дети очень важны, от них зависит выживание расы, не зря же враг убивает в первую очередь их, а девушки... Дело не только в том, что они будущие матери, защищать которых — долг любого мужчины, но еще они умеют чувствовать, создавая тепло дома. Я не очень хорошо говорить умею, опыта нет никакого, но стараюсь объяснить дочери, почему очень важны именно девушки и дети, а она улыбается чему-то. Ну да, в их дикое время подобное еще не является само собой разумеющимся, но суть же от этого не меняется.

Я вижу, Марина отрицает то, что слышит. Мы с ней из разных временных потоков, поэтому естественное для меня невозможно для нее, и, что с этим делать, я не знаю. Я просто не могу себе представить, что именно можно сделать с ее привычкой к агрессивной реакции. Если девушка отреагировала на меня агрессивно, это же значит, что реакция привычна, ведь сейчас она вполне нормально принимает мое присутствие, без страха или агрессии.

— Она не слышит тебя, — негромко говорит мне Иришка, готовая, кажется, уже заплакать. — Что делать, папочка?

— Ну, вернуть ее на планету мы уже не можем, — объясняю я доченьке, будто игнорируя существование Марины. — Во-первых, мы далеко ушли, а во-вторых, она не человек, рано или поздно это обнаружат.

— Да ты! — девушка выкрикивает что-то, мне непонятное, а вот доченьки мои краснеют.

Марина что-то кричит, она в ярости, можно сказать, в бешенстве, но я не понимаю слов, которые она выкрикивает. По-моему, эти слова носят отрицательную эмоциональную окраску, но мне они незнакомы, поэтому я не понимаю ее, осознавая, впрочем, что девушку, выскочившую из-за стола, надо остановить, иначе она может нанести вред детям или пораниться. Но как это сделать, чтобы ей не повредить?

Я поднимаюсь из-за стола, задвигая детей мне за спину, Марина уже подскакивает ко мне, но затем вдруг резко садится на корточки, начав плакать. Наверное, это истерика? Надо ли мне успокаивать девушку или лучше пусть так посидит, все-таки приоритет безопасность детей...

— Не надо, папа, — останавливает меня Иришка. — Тетю Марину пока лучше не трогать.

— А папа ничего не понял, что она сказала! — хихикает Танечка. — Вот просто совсем! Наверное, он не знает эти ругательные слова?

И тут Марина перестает плакать. Как-то очень резко перестает, при этом смотрит на меня с совершенно непонятным выражением в глазах, как будто у меня рога выросли, что я даже проверяю. Девушка все смотрит, а затем вдруг вскрикивает и теряет сознание. Я подбегаю к ней, чтобы отнести в медотсек, ибо, что делать, просто не знаю.

— С тетеньки шкурка слазит, — совершенно непонятно сообщает мне моя младшая, заставляя на мгновение даже задуматься.

Но долго раздумывать мне нельзя, а то сейчас прямо с Мариной на руках в стену врежусь. Так близко, на самом деле, я с девушками не общался, поэтому не знаю, что для них нормально, а что не очень. Слова, которые выкрикивала Марина, скорее всего, записаны, и их можно будет попытаться расшифровать. Впрочем, не исключено, что это было ее родное наречие. Ну той расы, к которой она относится...

Я укладываю Марину в медицинскую капсулу, думая о том, что нам всем стоит поразмыслить. Ну вот придет она в себя, и что тогда будет? Что с ней делать, если речи ее я не понимаю, а она агрессивная... А ну как сделает плохо девочкам, стоит мне только отвернуться? Возможно ли такое? Полагаю, да, потому что доченьки беззащитные, настрадавшиеся, а Марина... я ее не понимаю.

— Как считаете, дети, — обращаюсь я к ним, глядя на то, как закрывается крышка медицинской капсулы. — Может быть, ее пока усыпить?

— Что значит «усыпить»? — не понимает меня Ирочка.

— Нам лететь очень долго, — начинаю я объяснять ей принципы дальних полетов. — Поэтому раньше или позже, как только я закреплю маршрут, мы уляжемся в ванны специальные, где будем спать много-много лет и время от времени просыпаться, чтобы определить, где находимся, пока не прилетим. Марину можно усыпить так прямо сейчас.

— Ты спрашиваешь нашего мнения... — тихо произносит доченька. — Я... я не знаю, как будет правильно.

— Правильно так, как решит папочка! — сообщает ее сестра, заставляя меня задуматься.

Усыпить Марину прямо сейчас представляется нечестным, но вот не будет ли она опасной детям? Девушка уже показала свою агрессивность, нежелание слышать, что ей говорят... Насколько опасно ее оставлять в бодрствовании?

На мой вопрос дети отвечают, потому что они, в отличие от меня, поняли, что выкрикивала Марина. При этом старшенькая моя чуть сжимается в руках, что я очень хорошо чувствую, а это, по-моему, означает, что слова те не самые лучшие. Так оно и оказывается, и это заставляет меня вздохнуть. Но переводить слова не надо, информации в истерике девушки не содержалось.

— Это ругательные слова, — признается Иришка, вздохнув. — За них очень больно может быть. Тетя нас всех обругала и нехорошо назвала еще.

— Ругательные... — я гляжу ее, все еще размышляя о том, стоит ли будить Марину. — А что ты сказала о шкурке? — припоминаю я, обратившись к Танечке.

— Она другой тетей становится, — совсем непонятно объясняет мне младшая доченька. — Ну вот прямо совсем!

— Еще интереснее... — ошарашенно произношу я, потянувшись к наладоннику.

Что именно имеет в виду ребенок, я не понимаю, но просто выдаю искусственному интеллекту всю информацию, которая мне известна, включая слова детей. Интеллект задумывается, хотя на самом деле, как я знаю, он ищет возможное объяснение всем факторам, мною указанным. Я не буду пока пытаться вызвать его на разговор, потому что сюрпризов мне хватит. Если вдруг он резко поумнел, то я с этим все равно ничего сделать не могу, потому и не буду, наверное. Незачем это делать, ибо лететь нам не один десяток лет в полной его власти и деться со звездолета некуда.

— Тогда нужно разбудить и посмотреть на эту другую тетю, как считаете? — интересуюсь я мнением детей, очень дорожащих этим, насколько я вижу.

Защитить их я сумею, а вот... Не давая мне додумать мысль, дрожит наладонник, демонстрируя результат изысканий. Оказывается, существует технология, называемая «наложенной личностью». Предназначена она для сокрытия основной в случае опасности, для работы разведчика или в аналогичных случаях. И вот эти сведения интеллекта звездолета очень хорошо ложатся в объяснение малышки. Если у Марины личность агрессивной и, что скрывать, не сильно умной девушки наложена на другую, то результат может быть любой. При этом непонятно — что удалило ту самую личность?

— Да, — киваю я Танюше. — Тетя может стать другой. Значит, надо разбудить и узнать, какой она станет, согласна?

— Да-а-а-а! — тянет моя младшенькая.

Значит, так и решаем: идем сейчас в медотсек, будить новую Марину, чтобы определить, готова ли она с нами обитать или же проще ее будет просто усыпить. Но сначала мне нужно провести маршрут, точнее закончить его прокладку, а потом уже будить. Внутреннее ощущение говорит, что так правильно, потому что возможную встречу с вражескими звездолетами следует избежать любой ценой.

Дочки мои сидят очень тихо, а я пока отмечаю опорные точки. Получается, мы движемся так, чтобы держаться подальше от звездных систем и в результате подойдем к искомой системе «с другой стороны». Ну и маскировка пассивная будет постоянно в работе, потому что энергию она не ест. Я намечаю точки, «Якутия» самостоятельно проводит кривые маршрута, и я рассказываю доченькам, что именно сейчас происходит и почему это довольно срочно. Субпространственный двигатель у нас или слабый, или просто интеллект не имеет информации о нем, поэтому мы пойдем медленно и спокойно — своим ходом. Пройдут десятки, может быть, даже сотни лет, пока мы придем «домой». Есть только надежда на то, что человечество достаточно разовьется, чтобы принять нас.

Закончив, поднимаюсь, в готовности следовать в медотсек. У нас планируются в пути один или два «всплытия» с целью ориентации, ну и гимнастика, пообнимать детей, поесть чего-нибудь более-менее твердого, на звезды полюбоваться опять же. В любом случае медицина рекомендует, а кто я такой, чтобы сопротивляться ее рекомендациям?

Доченьки молча следуют за мной. Они в овоидах уже освоились совершенно, по-моему, не плача по поводу неработающих ног. Но какой же коварный план — лишить детей возможности к побегу именно таким странным способом! Жестокий план на самом деле, очень жестокий, как и положено быть планам что врага, что «западных партнеров». Нелюди просто...

— А теперь мы ее будить будем? — интересуется Иришка, когда мы добираемся до отсека.

— Да, теперь мы ее будить будем, — тяжело вздыхаю я, потянувшись к кнопке.

Наш звездолет уже движется по маршруту, мое присутствие в рубке не нужно, поэтому мы вполне можем спокойно заканчивать свои дела и гибернироваться до следующей точки. А у нас сейчас наступает момент истины — если я прав, да и дети тоже, то перед нами предстанет новая, неведомая личность. Неизвестно, будет ли она обладать всей памятью Марины.... Интересно, какой окажется обновленная девушка?

Вот глаза ее медленно раскрываются, и я вижу — даже выражение в них изменилось. Агрессии не замечаю, скорее любопытство, ну и страх, конечно, как же иначе. Страх сейчас вполне логичен, главное, чтобы в агрессию не перешел, но я ее пока не наблюдаю.

— Я тебя знаю, — сообщает мне девушка, слегка запинаясь. — И не знаю... Ты хороший?

— Папа хороший! — подтверждает Танюшка моя. — И ты хорошая!

— Я хорошая? — удивляется Марина, причем так явственно, что мне нехорошо становится.

Почти не отдавая себе отчета, я протягиваю руки, чтобы обнять ее. От этого жеста она вздрагивает, но не сопротивляется, глядя на меня с большим удивлением. Она что же, не помнит ничего? Тогда нужно выяснить, с какого момента не помнит, потому что сказка может несмешной оказаться.

Я осторожно вынимаю удивленно оглядывающуюся по сторонам девушку из капсулы, чтобы затем устроить ее на диване. Доченьки подлетают поближе, рассматривая Марину, на что она почти не реагирует, явно пытаясь что-то вспомнить, но не выходит у нее. Она ошарашена, конечно, это заметно, но не паникует — не вижу истерики, да и говорит немного иначе.

— Ты разумный, — медленно произносит Марина. — Самоназвание «люди», да?

— Да, — киваю я, присаживаясь рядом. — А ты?

— Я... — она неожиданно всхлипывает. — Я последняя...

Продолжения, которого я жду, почему-то не следует, зато доченьки мои вдруг синхронно начинают плакать. Я бросаюсь к ним, чтобы успокоить, ведь происходящего совсем не понимаю, но через мгновение Марина присоединяется к ним. И столько в ее плаче горя, что выдержать это просто невозможно. Следующие полчаса я занимаюсь тем, что пытаюсь успокоить детей и Марину, и выходит это у меня плохо.

Никаких мыслей в голове нет, только желание всех успокоить, ну еще и... Я бы очень хотел знать — что здесь вообще происходит?

Пространство. Сон сквозь века

Марина, решившая оставить это имя, начинает свой рассказ. Что-то мне кажется в нем знакомым, потому что она очнулась совершенно одна в спасательной капсуле, причем вариантов не было, только посадка на планету. Девочке было тогда что-то около двенадцати лет, отчего сразу же стало грустно — юная совсем, без родителей и среди дикарей.

— Марину Чайкину я нашла, когда она уже умирала, — объясняет нам она. — Поэтому решила взять ее личность, не разобравшись в происходящем.

Да, она с помощью какого-то аппарата смогла скопировать часть памяти умирающей в лесу девочки. Оказалось, что жила Марина в «детском доме», ее заманили в лес, чтобы совершить совершенно непотребное и в этом возрасте недопустимое. Поэтому девочка умерла, а взамен нее стала наша собеседница. Конечно же, самым большим страхом сконструированной личности были мужчины, поэтому, выходит, мне не повезло просто.

— Я своего имени не знаю, — объясняет мне обновленная Марина. — Поэтому буду Мариной, если можно.

— Можно, конечно, — улыбаюсь я ей, обнимая не пугающуюся этого девушку.

— Ты не хочешь зла... — задумчиво произносит она, прислушиваясь к себе, а затем начинает рассказывать о прошедших шести годах. То есть, выходит, ей восемнадцать.

И вот были эти годы у девушки совсем непредставимыми, ну с моей точки зрения. Отсутствие тепла, «травля» в школе, причем я этого слова не понимаю, но мне объясняют и Ириша, и Марина. Получается, из-за того, что Марина была сиротой, ее считали нужным унижать и избивать? Только потому, что не было защитника? Жуткий мир, на самом деле. При этом она не знает, к какой расе относилась изначально, и боится только того, что ее прогонят. Вот именно так и выдает информацию. Что же, видимо, моя очередь.

— Меня зовут Виталием, — начинаю я свой

рассказ. — Как внезапно выяснилось — Винокуров. Вот это мои доченьки — Таня Винокурова и Ира Винокурова.

Обе мои малышки синхронно всхлипывают, стараясь прижаться ко мне, как будто я им сейчас или что-то важное сказал, или гарантировал, но ведь они в любом случае мои дети, а папа — это навсегда, я точно знаю. Не очень поняв, почему малышки так отреагировали, я тем не менее продолжаю свой рассказ — и о том, что во времени провалился, и о том, какой увидел Землю... Я отмечаю, что Марина понимает, о чем я говорю, повторяя жест малышек — старается прижаться и, насколько я вижу, хочет, чтобы погладили. Я и глажу ее, потому что так правильно.

— А сейчас... Сейчас что будет? — интересуется она у меня, и я понимаю: будет, конечно, истерика, но не сейчас.

— Сейчас мы поедим еще разок, а там решим — сейчас будем экран смотреть и отдыхать все вместе или когда проснемся, — улыбаюсь я.

— А какая разница? — не понимает меня Марина.

— Мы в гибернации поспим, — начинаю я объяснения, но, видя, что яснее ей не стало, продолжаю на более понятном уровне: — Мы уснем непростым сном, а проснемся лет через сто, может, больше, когда часть пути будет пройдена. Осмотримся и опять спать ляжем. И так до тех пор, пока к людям не прилетим, ну или к кому другому, способному нас понять.

— К Разумным, — кивает она, и кажется мне, что она это слово с заглавной буквы произносит.

Думаю, мы сначала все вместе поговорим. У Марины есть знания, которых нет у меня, и у меня — те, которых нет у нее, поэтому нужно поговорить, а затем посмотреть фильм из древних, пропитанных добротой, ну а после будем ложиться все в гибернацию. Странно, на самом деле, все происходит. Я малышек сразу принял, так воспитывали меня так, а вот они меня почему? И Марина очень резко изменилась, хотя память сохранила, но при этом совершенно не агрессивна, а ведь была же, да и не верила ни во что... Жалко, не врач я, всего-то пилот, и то больше по названию.

Нет у меня знаний, чтобы объяснить поведение дочек и Марины, но, я думаю, не стоит его объяснять. Мы сейчас представим, что являемся семьей: будем ужинать, потом смотреть экран, а там и спать пойдем. Ну а то, что нас четверо всего на затерянном промеж звезд корабле, да и сон продлится не один десяток лет — это несущественные детали, о которых думать не следует, ведь для нас всех пройдет только одно мгновение, несмотря на то что мы выспимся. Конечно, при этом автоматика внимательно отследит снятие маркеров утомления.

— Тогда план у меня такой, — предлагаю я. — Сначала поговорим, затем поедим, посмотрим экран, а там и спать пойдем. Принимается?

— Принимается, папа, — улыбается мне Иришка, да молча кивает Танюша.

— Принимается, — подумав несколько мгновений, вздыхает Марина. — Тебе с едой помочь?

— А давай! — машу рукой я, и мы двигаемся в сторону кухни.

Я показываю на автоповара, говорю, откуда какие продукты брать надо, объясняю, как работает пневмодоставка, а Марина начинает несколько мечтательно улыбаться. Мне кажется, она совсем не здесь, но при этом ее руки что-то режут, перемешивают, еще что-то не очень понятное делают... Марина быстро осваивается, начиная командовать, а я исподтишка наблюдаю за ней, откровенно любуясь.

— Смутить хочешь? — вдруг спрашивает она.

— Нет, что ты, — качаю я головой. — Ты очень красивая, очень-очень.

— «Та» Марина тебя бы высмеяла, а то и ударила, — информирует меня девушка, засыпая полученное в автоповара. — А мне просто приятно. Так что можешь продолжать.

Что именно она готовит, я не знаю, нет у меня таких знаний, а в руководстве я ничего подобного не видел, но, судя по запаху, будет что-то вкусное. Я помогаю Марине, вовремя протягивая что она просит, настраивая программу автоматики, затем расставляя тарелки с помощью дочек. И вот тут я вижу, как они ластятся к девушке, а Марина их гладит по голове, будто и не замечая этого жеста. Интересно, это что-то значит?

— Наверное, можно попросить тетю Марину, чтобы она была нашей мамой? — негромко спрашивает младшая у старшей, заставляя ее задуматься, а услышавшая это Марина краснеет.

— Малышкам мама нужна, — вздыхаю я, приобнимая девушку, чтобы продолжить фразу уже ей на ушко. — Согласишься?

— Соглашусь, Виталик, — мягко отвечает она мне. — Ведь я знаю, что значит, когда мамы просто нет. Так что соглашусь, конечно, а ты...

В этот момент дочки нас прерывают — они проголодались, да и пахнет очень вкусно, потому родители нужны срочно. При этом малышки так и называют нас — «родители», отчего Марина очень смущается, а я улыбаюсь. Сокровища мои, просто самые-самые доченьки. Повезло мне, что подошли они именно ко мне. Повезло. Так им и говорю, заставляя смутиться. Не баловали моих хороших лаской.

Открыв глаза, я некоторое время пытаюсь прийти в себя, а мне прямо на крышку капсулы проецируется состояние систем корабля, местонахождение и еще прошедшее время. Даже больше времени прошло, чем я себе представлял. Мы сейчас на внешней дуге, где опасности быть не может, девочки мои просыпаются, а «Якутия» чувствует себя хорошо. Надо вставать, а то дети, не обнаружив папу, испугаются, ну и одеться стоит, потому что такой санпросвет проводить не стоит.

Крышка мягко поднимается, я нашариваю рукой комбинезон, сразу же натягивая его на себя, после чего трогаю рукой кнопку включения света. Загорается мягкий желтоватый свет, не тревожащий глаза, и я подхожу к капсулам Ирочки и Танечки — им совершенно точно нужна помощь в одевании и пересаживании в овоид, ну а потом они и Марину поднимут, согласившуюся быть мамой. Очень моим девочкам мама нужна, да и нам с Мариной, на самом деле, тоже, но это просто невозможно.

Итак, прошло много лет, мы сместились по своему маршруту, происшествий не было. Это, в общем-то, даже очень хорошо. Сейчас мы все поднимемся и потопаем заниматься едой, ибо после гибернации есть хочется всегда. Почему так происходит, я и не знаю, но разве это важно?

— Доброе утро, доченьки, — здороваюсь я с моими хорошими, когда крышки капсул одновременно поднимаются. — Сейчас я вас одену и пересажу.

— Здравствуй, папочка, — шепчет Иришка, глядя на меня, как на чудо. — Ты не сон.

— Я тоже не сон, — слышу я голос Марины, успевшей уже, видимо, подняться. — Здравствуйте, мои хорошие!

— Ой, мама! — взвизгивает Танюшка, немедленно к ней потянувшись, а я обнимаю девушку, чтобы поздороваться с ней.

— Тогда Танюшу одевает мама, а Иришку папа, согласны? — спрашиваю дочек, на что они сразу же начинают кивать, даже, кажется, чуть повизгивая.

Такое ощущение, будто что-то за время сна изменилось, но вот что именно, я не понимаю. Обратившись к себе, я ничего необычного не обнаруживаю, и пожимаю плечами. Оказавшиеся одновременно в своих овоидах доченьки берут нас за руки, утаскивая в сторону столовой. Марина улыбается чему-то, а я с трудом сдерживаю желание ее обнять. Все-таки, по-моему, что-то произошло, но вот что...

— Здоровская семья: мама, папа, мы! — выкрикивает Иришка, а Танюша будто хочет всех обнять.

— Согласна, — улыбается наша мама, как-то хитро немного поглядывая на меня.

— Папа не поймет, ему сказать надо, — громким шепотом сообщает маме расшалившаяся старшая. — Он такого не видел никогда.

— Тогда поедим и скажем, — точно так же отвечает Марина.

Задать вопрос я, впрочем, не успеваю — мы как-то очень быстро достигаем столовой, при этом доченьки отправляются за стол ждать, а мы готовить. И вот во время готовки Марина объясняет мне происходящее, только звучит это немного фантастично, но я слушаю, потому что вариантов нет.

— Наши доченьки умеет чувствовать, — объясняет мне она, а руки что-то делают, мне не очень понятное. — Они ощущают чужие эмоции, как свои, поэтому всё поняли. Скажи... Как ты ко мне относишься?

— Ты очень красивая, — отвечаю я ей, потому что смысла врать просто не вижу. — Тебя хочется обнять и защитить от всего на свете. Чтобы ты улыбалась и больше ничего не боялась.

— Иришка знала, — улыбается Марина. — Между нами возникла симпатия, Виталик... Она может развиться в любовь, а может и нет. Ты меня спас, заботишься обо мне и ни жестом не попытался... Хотя тебе хочется, я же чувствую.

— Папа говорил, что физическая близость должна быть самым пиком любви, — объясняю я ей. — Мы же не животные, по внешним признакам... хм... опыляться.

— Как ты смешно сказал, — смеется она. — «Опыляться». Удивительно точно, но не грубо.

— Это тоже папа, — признаюсь я. — Значит... Ты не будешь возражать, если я тебя обниму?

— Не буду, — подтверждает она, а потом отчего-то вздыхает: — На Земле ты бы с такими принципами не выжил бы.

— Да я понял, — киваю в ответ. — Автоповар на кашу ставить?

Марина кивает, а затем, стоит мне только задать режим, разворачивается ко мне, заглядывая в глаза. И вот в этот момент, когда я ее, подгоняемый внутренним чувством правильности, обнимаю, вдруг что-то происходит. Глаза Маришки становятся очень большими, зрачки расширяются, а меня будто затягивает вглубь. Кажется, проходит вечность, но мне почему-то совсем не хочется, чтобы это заканчивалось. Как будто волшебство какое-то в данную минуту происходит, которого я не понимаю, конечно, но оно... необыкновенное.

Звенит сигналом готовности автоповар, заставляя нас отвлечься друг от друга. Надо будет после еды поговорить, и, насколько я чувствую, наедине, потому что произошедшее не имеет объяснений, а я себя еще не очень уверенно чувствую, как будто мы душами обнялись.

— Все, вот теперь мы точно семья, — констатирует Иришка, а Танечка только кивает, улыбаясь. — Родители! Вы растущие организмы кормить будете?

И так естественно, а главное, правильно у нее получается это «родители», что не улыбаться невозможно. Очень интересно все же, что сейчас произошло и почему старшенькая наша считает, что мы стали полностью семьей. Но это может подождать, потому что надо сначала поесть. Дети у нас самые важные, и вот эти самые важные дети хотят есть. Значит, срочно кормим.

— Это особенность нашей расы, насколько я понимаю, — произносит во время еды Маришка, которую мне хочется называть теперь только так. — Я...

— Папа тоже, а он человек! — заявляет ей Танечка. — Значит, не в этом дело.

И Маришка задумывается, и я, на самом деле, в

раздумьях, понимая, впрочем, что мы с ней вместе навсегда. Ну, во-первых, нас четверо на звездолете, а, во-вторых, что-то такое, необычное я внутри себя ощущаю. Наверное, будь она той личностью, с которой мне довелось встретиться, ничего не вышло бы — девушка бы просто оттолкнула меня, и все, но вот эта Марина, она неуловимо другая. Возможно, потому, что не всю жизнь провела на дикой планете? Нет у меня ответа на этот вопрос, да и нужен ли он?

    У нас дети, с которыми мы сейчас поиграем, посмотрим экран, затем сходим в рубку, уточнить, где находимся, и лишь потом отправимся дальше. Если я все правильно посчитал, у нас еще одно просыпание, а потом мы прилетим уже. И будет у нас дом, где доченькам починят позвоночник, а нас примут люди. Я верю в то, что будет именно так. Очень сильно верю.

Млечный путь. Нежданная встреча

На самом деле, конечно, много странного во всей нашей истории, но оценить правильность происходящего я все равно не могу. Не врач я. Несмотря на свои два десятка прожитых лет, где-то внутри я остаюсь все тем же семнадцатилетним подростком, внезапно обнаружившим себя в полном одиночестве в бесконечности Космоса.

В рубке мы, разумеется, все вместе сидим. Доченьки разглядывают звездную картину, при этом выходит, что смотрим мы на нашу Галактику несколько сбоку, что само по себе интересно и очень красиво, а Марина предпочитает сидеть со мной, время от времени прикасаясь и не стремясь отойти. Мне самому комфортнее от того, что она рядом, но задумываться о причинах не хочется.

— Получается... Получается, мы идем по маршруту вполне логично, — перепроверив еще раз, заключаю я. — Тогда второе просыпание запланируем, когда корабль будет примерно вот тут, — мой палец показывает на звездную систему внутри большого скопления.

— Значит, все хорошо? — интересуется Марина.

— Да, вполне, — киваю я в ответ, затем вспоминая полетное руководство. — Сейчас я включу системы связи, вдруг сигнал какой поймаем, хотя вероятность этого мала.

— Ага... — тянет милая моя девушка, прижимаясь плечом. По-моему, ей все равно, другие у нее сейчас интересы.

Я включаю систему связи, чуть выдвигая антенны, ведь скорость у нас большая, а они хрупкие. Несмотря на защиту корабля, можно не заметить мелкий метеорит, а антенне и камешка хватит. Сейчас надо просто включить сканирование всех возможных каналов, куда входит не только радио, и подождать с полчасика, чтобы убедиться в отсутствии сигналов.

Бросив взгляд на указатель текущей скорости, я нажимаю клавишу приема, не ожидая ничего, кроме шуршания эфира бесконечного Пространства, но в это же самое мгновение тишину прорезает сигнал — прерывистый, меняющий тональность. Это заставляет меня подпрыгнуть в кресле, настраиваясь на приближающийся, судя по параметрам, выданным интеллектом на экран, сигнал.

— Что там? — удивляется Марина. — Как-то очень знакомо звучит...

— Сигнал какой-то, — сообщаю я ей, пытаясь понять, насколько важно то, что мы слышим. — Сейчас настроюсь получше...

Весь вопрос в том, тормозить или нет. В случае торможения у нас останется рабочего тела двигателей еще на одно ускорение и торможение, после которого мы сможем двигаться только по инерции. Именно поэтому нужно отнестись очень внимательно к тому, будем ли мы сейчас тормозить.

Прерывистый сигнал сменяется трелью, на птичью похожей, затем появляются еще звуки, от которых очень явно удивляется моя милая. Она будто понимает суть этих странных звуков, поэтому я поворачиваюсь к ней, уже готовый задать вопрос, но девушка успевает первой.

— Мы можем им ответить? — интересуется она.

— Пожалуйста, — я снимаю с держателя микрофон связи, протягивая ей.

Я доверяю Марине, а доверие, как папа говорил, — это триггер, оно или есть, или нет. Именно поэтому, решив, что я доверяю ей, просто теперь ожидаю, что она скажет. А Марина берет в руку устройство и... выдает длинную певучую фразу, кажется, даже на том же языке. По крайней мере, девушка точно понимает, о чем говорит. Насколько я понимаю, завязывается общение, а вот доченьки в это время подлетают к нам.

— А что делает мамочка? — интересуется Танюша, с интересом разглядывая Марину.

— Разговаривает с кем-то, — улыбаюсь я.

Почему-то совсем нет ощущения опасности, несмотря даже на то, что лицо милой вмиг грустнеет. Нужно ее, значит, расспросить о мотивах. А она просто всхлипывает, но ничего мне не говорит, что уже интересно. Возможно, считает, что мы ничего сделать не можем? Почему я думаю о том, что нужна наша помощь? Внутреннее ощущение, должно быть, говорит именно об этом.

— Ну, рассказывай, — прошу я опустившую голову девушку.

— Это модуль спасения, — тихо говорит она, не поднимая головы. — Там дети... И они обречены.

— Значит, торможение, — понимаю я, потянувшись руками к пульту. — Мы сможем их забрать?

— Ты... — поднявшая голову Марина смотрит на меня с недоверием, а на дне ее глаз плещется надежда. — Ты хочешь забрать их? Но почему? Они же чужие?

— Папа говорил, что чужих детей не бывает, — объясняю я ей, грустно улыбнувшись от воспоминания. — Это дети твоего народа?

— Кажется, да, — кивает она, явно не в силах прийти в себя, а я задаю смену курса и программу торможения. — Они...

— А разговаривала ты с ними? — интересуюсь я.

— Нет, — качает она головой. — Там есть сопровождение, ну, взрослая особь, только ему недолго осталось, потому что они все повреждены аварией и он умирает.

Все одно к одному: потерянные, скорее всего, нуждающиеся в помощи дети неведомой цивилизации, которым просто некому помочь. Я отлично понимаю, что кроме нас некому, при этом оценивая вероятность такой встречи. Как-то кажется мне это странным совпадением, но ничего не поделаешь — детей надо спасать. В традиции нашей семьи, да и всего народа, дети очень важны. Не все еще понимают, насколько они важны, но я-то знаю. Поэтому «Якутия» тормозит, а Марина тихо плачет, рассказывая мне, откуда они взялись.

Черные корабли, если коротко. Похоже, ее цивилизация тоже столкнулась с ними, но точнее мы будем узнавать позже, сейчас у нас спасательная операция. Я вбиваю команды, интеллект корабля же реагирует даже быстрее, чем я ожидаю, — ну, на мой взгляд. Интересно, мы сможем подвести этот самый модуль так, чтобы забрать его на полетную палубу, или придется выводить спасатель?

Звезды останавливают свой бег, кажется, что корабль висит в пространстве без движения, но это не так. Мы приближаемся к тому, что Марина назвала «спасательным модулем», а я интересуюсь у девушки, может ли она объяснить, что мы идем на помощь? Марина кивает, пропевая что-то непонятное в микрофон. Будем надеяться, что нас поймут правильно.

Хорошо, что она вспомнила свой родной язык, потому что иначе у детей шансов на выживание не было бы — мы их просто не поняли бы, а так мы их спасем обязательно. Капсул на «Якутии» достаточно, и если кому-то помочь автоматика не сможет, то в криосне все процессы организма затормозятся, позволяя будущему человечеству спасти их. По крайней мере, я на это очень надеюсь.

Все-таки немного странным мне кажется происходящее, будто кто-то собрал маловероятные события специально, чтобы проверить... что? Что я мимо детей, нуждающихся в помощи, не пройду? А что, кто-то пройдет разве?

Завести модуль, больше похожий на трапецию, удается с помощью роботов, правда, одного мы потеряли — вывалился, но вылавливать не буду, у нас тут дети. Мы все вместе спешим к «модулю спасения», потому что нужно детей как можно скорее перенести в медотсек, при этом совершенно неизвестно, сколько их, ну и в каком они состоянии тоже.

Не взять с собой дочек я не могу — обидятся, да и помочь могут, ведь грузоподъемность их овоидов довольно большая, на взрослых рассчитанная. Вот мы спускаемся на нужный уровень, проходя по коридорам, расцвеченным синими ночными огнями. Дочки держатся за нами, а Марина при этом напоминает натянутую струну. Кажется, еще мгновение — и полетит сама вперед. Именно поэтому мы фактически бежим.

Трапеция опускает одну из сторон, с хрустом обламывающуюся у основания, что говорит о тяжелых испытаниях, через которые прошел корабль, пусть и маленький. Я буквально вбегаю в коридор, но Марина меня оттирает в сторону, устремляясь вперед. Коридоры на модуле в сечении треугольные, освещения нет, но милая моя ориентируется в переплетении коридоров очень хорошо, поэтому спустя несколько минут мы оказываемся в полусферической комнате, где и обнаруживаются искомые дети.

— Звезды великие! — не могу я сдержать эмоций, ведь очень похожие на нас внешне дети... фактически младенцы.

— Ой, маленькие какие... — вторит мне Иришка, а я смотрю внимательно, пытаясь оценить степень повреждений.

— Раненые пеной залиты, — подсказывает мне Марина, показав рукой направление.

— Значит, их вместе с люльками, — понимаю я, потянувшись за наладонником, чтобы вызвать мобильную платформу.

Малышей много. Залитых пеной четверо, а остальных... Я пересчитываю тех, кого вижу. Двенадцать получается. Их всех надо аккуратно перевезти, распределить — кого спасать в первую очередь, кто и подождать может, а затем покормить. Вопрос только в том, можно ли им есть то же, что и нам. По их внешнему виду я не могу определить возраст, а Марина делает шаг к стене, вызывая какое-то изображение. Некоторое время вчитывается, а затем всхлипывает, но никак не комментирует прочитанное.

Я перекладываю неподвижных, но хныкающих, визуально здоровых малышей на платформу — просто в ряд, как они и тут лежали, а вот раненых надо вместе с люльками, и их мы понесем в руках. Все происходящее даже не фиксируется мозгом: мы грузим, берем в руки, сколько унести можно, а затем как-то вдруг оказываемся в медицинском отсеке, и вот тут появляется проблема — капсул в нем две. Ну те, которые исправны, конечно.

— Нужно определить, какие самые срочные, — извещаю я Марину, на что она кивает, наклоняясь к люлькам, а я понимаю: у нас суммарно восемнадцать детей.

Принимаю я их моментально — после Иришки с Танечкой это сделать проще. Несмотря на то что это непросто, вот такое принятие, я очень хорошо понимаю: нет у них никого больше и не будет. Поэтому тихонько глажу малышей, о которых не знаю еще ничего. А ведь нужно будет накормить, выкупать, переодеть, имена дать... да много еще что. В первую очередь запросить интеллект корабля — насколько безопасна им гибернация.

— Вот эти две уже почти, — показывает мне Марина, тихо всхлипывая.

Я просто перекладываю малышек в капсулы, нажав кнопку срочной реанимации. Крышки закрываются очень быстро, практически захлопнувшись, раздается басовитое гудение — капсулы работают, я же пока пытаюсь представить, чем бы их накормить.

— Им по полгода, всем, — сообщает мне милая моя. — Это последние выжившие после какого-то нападения, больше никого нет. Надо будет...

— Потом посмотрим, может, бортжурнал какой остался, — киваю я, разглядывая протокол диагностики. Так себе результаты, конечно, но надежда есть. — Чем бы их накормить?

Я запрашиваю совет у искусственного интеллекта, сразу же предлагающего несколько вариантов. Смогут ли они переварить наше детское питание, которое на «Якутии», оказывается, есть, мы не знаем. Действовать методом проб и ошибок идея, по-моему, плохая, поэтому стоит придумать что-то другое. По идее, интеллект звездолета может сравнить метаболизм детей, сейчас в капсулах находящихся с каноническими, то есть нашими. Осененный этой мыслью, я даю группу запросов для формирования так называемого «пространства ответов». Это значит, что ответ может быть не один, но из полученных результатов с помощью того интеллекта можно выбрать наиболее близкий к правильному.

— Похоже, можно дать наше питание, — несколько ошарашенно замечаю я, оценив ответы искусственного интеллекта.

— Тогда я быстро! — Маринка буквально испаряется, направляясь в сторону кухни, а доченьки остаются со мной, разглядывая малышей.

— А у них ушки остренькие, — замечает Танюша, показывая пальцем. — Значит, они точно не люди.

— Они дети, — глажу я ее по голове. — Поэтому не важно, люди они или нет.

— Ты волшебный, — заявляет мне моя мла... м-да... уже средняя доченька.

— Вы пока подумайте, как ваших братиков и сестренок называть будем, — улыбаюсь я, сразу же заметив, что дети мои немного удивлены.

Иришка подплывает поближе к малышам, рассматривая их, а Танюша смотрит на меня, причем мне трудно интерпретировать ее взгляд, поэтому я занимаюсь тем, что обнимаю обеих. Возможно, они удивлены тем, что дети теперь их братья и сестры? Но это, на мой взгляд, нормально. Если бы у нас подобное случилось, то никто и не раздумывал бы. Я это совершенно точно знаю.

— Вы думайте, а я с интеллектом пообщаюсь, — предлагаю я дочкам.

Мне очень важно узнать: возможна ли гибернация для малышей, потому что если нет, то у нас проблема на пару лет. Вопрос в том, хватит ли продуктов питания на те самые пару лет? Я думаю, решение быть должно в любом случае, поэтому озадачиваю интеллект корабля подобным вопросом, а затем откладываю наладонник, ибо слышу бегущую мою Маринку.

В руках у милой бутылочки, за ней поспешает платформа, на которой лежат точно такие же детские бутылки, поэтому ближайшие часы нам будет чем заняться — накормить, помассировать, переодеть... Мыть будем чуть позже, а пока только так. Заодно нужно проверить, что там в капсуле и можно ли помочь детям. Ну и посмотреть на ответ в отношении гибернации.

План, я считаю, очень хороший, и начнем мы точно с кормления. Я вопросительно смотрю на Марину, понимающую меня без слов. Сейчас будем учиться кормить маленьких детей, ибо что-то мне подсказывает, что это не просто «воткнул бутылку»...

Млечный путь. Ясли

Шестнадцать наших малышей вполне спокойно спят после кормления. С четырьмя не все так просто, но мы здесь помочь им не сможем — у них сильно повреждены конечности, причем, как и из-за чего, мне непонятно. Но питание они переносят хорошо, потому сейчас спят, ну и старшие наши утомившиеся доченьки вместе с ними, а вот мы с Маришкой рассматриваем полученные с модуля блоки хранения информации. Роботы их извлекли и подключили.

— Наверное, стоит посмотреть сначала, — замечаю я, обнимая прижавшуюся ко мне девушку.
— А потом разгоняться. Кстати, а почему у них острые ушки, а у тебя нет?
— Это морфизм врожденный, — не очень

понятно объясняет мне Марина. — Мне нужно было выглядеть как земляне, поэтому я изменилась, а им не нужно пока, но потом они изменятся, походя на родителей.

— А какой мотив этого? — не понимаю я.

— У нас часто взрослые погибали раньше, насколько я помню, — тихо отвечает мне моя милая. — Ну и чтобы детей приняли...

Вот чего она удивилась! Видимо, у них есть понятие именно «чужих» детей, поэтому адаптация расы включилась. Однако именно такая адаптация — это необычно, потому что, выходит, что-то с принятием детей у них не так. Я думаю, об этом можно поразмышлять и потом, а сейчас нам нужно посмотреть информацию с «модуля спасения» и решить, что мы делаем дальше.

— Ты поэтому удивилась, — киваю я, гладя ее по спине. — Мне неважно, как выглядят дети, главное — они дети. Меня так воспитали родители.

— Твои родители — великие разумные, — отвечает она, вздохнув. — Давай смотреть, пока дети не проснулись.

О том, почему в таком случае она сама приняла и Иришу с Танюшей, и малышей, я подумаю потом, а пока нажимаю клавишу воспроизведения, погружаясь в историю неизвестного мне доселе народа. Сначала идут блоки знакомства — кто они такие, куда направлялись, ну и тому подобное, а вот актуальная информация начинается дальше. Я смотрю на изображения, понимая — эта цивилизация «черными кораблями» была истреблена.

Враги напали совершенно неожиданно, уничтожая целые планеты, при этом разумные существа почему-то не смогли дать отпор. Такое ощущение, что у них просто не было оружия, хотя как это возможно, мне представить сложно. И вот эти самые существа принялись учиться сражаться, а своих детей погрузили в корабли, направив оные в разные концы Галактики в надежде, что хоть кто-нибудь выживет. Теперь становится понятной история самой Марины, да и малышей тоже.

С малышами все еще сложнее, кстати. На корабль, в котором они находились, напали враги, но каким-то чудом, принеся всех остальных в жертву, «родственники» Марины сумели спасти только этих детей. Значит, можно никого не искать, а продолжать свой путь.

На экране еще демонстрируются маршруты разных кораблей, а я уже ввожу команды разгона. Горючего у нас не сказать чтобы много. Еще на одно торможение, ну и на небольшой маневр, в основном внутрисистемный. То есть, затормозив в следующий раз, разогнаться мы больше не сможем. Это нужно учесть, а пока «Якутия» медленно набирает расчетную скорость, приближающуюся к «абсолютной», то есть к скорости света.

— Значит, никого больше не осталось, — грустно произносит Марина.

— Мы принесем эту информацию людям, когда долетим, — отвечаю я ей. — Может быть, они что-то смогут сделать.

О том, что не факт еще, что долетим, я молчу, а милая моя начинает улыбаться. Пожалуй, это важнее всего — она улыбается, а не грустит, поэтому можно расслабиться. Как она мне стала такой важной и когда? Не знаю ответа на этот вопрос, да и не хочу, честно говоря, задумываться, у нас сейчас хватает забот.

«Якутия» сообщает о достижении расчетной скорости, продолжая свой путь по прежнему маршруту, я же поднимаюсь со своего места. Отчего-то мне хочется взять Марину на руки, что я, мгновение помедлив, и делаю. При этом она ничуть не возражает, прижимаясь ко мне.

— Так тепло, — признается мне милая. — Так бы навсегда и осталась.

— Оставайся, — улыбаюсь я, отправляясь с девушкой на руках в спальню. — «Якутия» считает, кстати, что дети гибернацию перенесут, но я думаю подождать пару дней, понаблюдать.

— Ты лучше знаешь, — сонным голосом отвечает мне Марина.

Устала моя хорошая, да и то — день у нас выдался динамичным очень, надо и отдохнуть. Я укладываю ее в кровать, ведь у нас не только капсулы для сна есть, а сам проверяю детей. Танюша с Иришей в обнимку спят, ни за что расставаться не захотели. Малышки тихо сопят, розовенькие, значит, все хорошо.

Мы все в зале совещаний расположились, я приволок кровати, вот и будем здесь жить, пока время не придет спать на века укладываться. Зал совещаний — самое большое помещение на корабле, к тому же он к медотсеку примыкает, так что очень удобное получается расположение. Вот и спят мои хорошие, и я к ним сейчас присоединюсь. Потом проснемся мы и будем малышами заниматься. Пару дней спокойно проживем, а затем и в гибернацию ляжем, чтобы время прошло. Ну а затем проснемся, осмотримся и дальше двинемся. Раньше или позже до людей доберемся, я верю.

Сон проходит как-то моментально. Кажется, только закрыл глаза, и сразу же слаженный хор проснувшихся малышей будит меня, отчего я вскакиваю на ноги мгновенно. Просыпаются и старшие дети, и милая моя. Самая-самая она у меня, надо будет ей об этом чаще говорить. И тут возникает проблема: младших у нас шестнадцать, а бутылочек — четыре. И всех надо накормить, поэтому я уношусь в сторону кухни — смесь готовить. Вроде бы в полгода уже с ложечки кормят... Или нет? Не разбираюсь я в малышах совершенно.

Ко мне сразу же и Маришка моя присоединяется, чтобы решить проблему кормления, о которой вчера не подумали, потому что дети пассивными были. Зато сегодня! Будто тумблер повернули, раз — и шестнадцать голосистых свертков, которые надо перепеленать, накормить, помассировать.

— Вить, а это что? — интересуется моя милая, показывая находку.

Больше всего она на шланг похожа, а вот меньше всего... Я на мгновение задумываюсь, выстраивая в голове то, что мне пришло в голову, потом лезу за наладонником, и спустя минуту на кухню въезжает робот-монтажник. Если вдоль находки сделать из мягкого пластика импровизированные соски, то проблема кормления временно решится, ну мне так кажется, по крайней мере. Я быстро расписываю искусственному интеллекту задумку, а роботом уже управляет он. Марина смотрит на это со всевозрастающим удивлением, лишь затем поняв, что я хочу сделать.

Ясли напоминает: искупать, помассировать, уложить... Интеллект корабля выводит на мой наладонник рекомендации по уходу за детьми, из которых следует, что намертво пеленать их не надо, так что мы всему учимся на лету. Ставшие старшими наши доченьки не грустят, улыбаясь тому, что делают. Ну и малышкам они тоже улыбаются, а я стараюсь погладить всех. Сейчас вот младших уложим, и надо будет со старшими обеими переговорить, ведь им сейчас внимания меньше достается... Не дай Звезды, почувствуют себя менее любимыми.

Устаем, конечно, очень сильно, потому как множество детей, а с теми, у кого повреждены конечности, вдвое осторожнее надо. Переживут ли они гибернацию? Я пытаюсь с помощью интеллекта решить эту задачу, когда внезапно, как по мановению руки, в трюме обнаруживаются капсулы гибернации для малышей. Несмотря на то, что проверял дважды, у меня такое ощущение, будто что-то нам помогло, ведь искусственный интеллект забывать не умеет. Может быть, я как-то неправильно запрос формулировал?

Но вот теперь мы можем поднять капсулы и

разложить в них малышей. Сначала здоровых, а потом и самых слабых. Им, оказывается, особый режим гибернации нужен, поэтому нужно сначала решить со здоровыми. Мы заканчиваем с малышками, отчего они засыпают. Вот четкое ощущение, что засыпают именно поэтому, хотя сильно вряд ли, конечно.

— Я пойду из трюма капсулы детские привезу, — сообщаю я семье.

Да, мы, пожалуй, уже семья. Сцементировали нас малыши, заставив действовать как единый организм. И вот на пятый день я понимаю: мы семья. Маринка может недолго без меня обойтись, поэтому сейчас она только кивает, устало обнимая наших старших дочек, а я отправляюсь в трюм. Нужна большая транспортная платформа, чтобы убрать разбитые капсулы из зала гибернации и на их место установить малышовые. А вот затем надо будет поговорить с нашими старшими, чтобы они знали, что по-прежнему самые-самые, потому что я помню: в некоторых семьях ревность возникала.

Есть еще кое-что... Я не чувствую младших именно своими. То есть принять-то я их принял, но вот полностью своими не чувствую. Скорее ощущаю себя воспитателем в детском саду, чем отцом такой оравы. Вот по отношению к Ирише и Танюше ощущения совсем другие, а младшие...

Возможно, мне нужно время, возможно, причина в чем-то другом. Надо будет и с Маришей тоже поговорить, кстати.

Опустившись в трюм, я собираю капсулы, легко перенося их, и укладываю на поверхность транспортной платформы. И вот тут до меня доходит, почему я малышек полностью своими не чувствую — мы им имена не дали! Кажется, проблема именно в этом, вот только надо ли это делать сейчас или лучше, когда от гибернации отойдут? Я прислушиваюсь к себе, но мое внутреннее ощущение правильности молчит, поэтому я не могу понять, как следует поступить. Значит, будет семейный совет, раз мы все вместе и я это так ощущаю.

Платформа медленно отправляется в обратный путь по заданной программе, роботы в это время, как я уже знаю, очищают зал гибернации. На самом деле, термин «гибернация» более правильный, чем «криосон», я это в наладоннике прочел, потому что он ближе к реальности того, что происходит. Но каждый использует тот термин, к которому привык, а мне, как оказалось, все равно, поэтому я оба использую.

Платформа с капсулами уезжает налево, я же иду с семьей разговаривать, которая, судя по наладоннику, сейчас в столовой. Это правильно, поесть очень даже стоит, несмотря на то, что мы собираемся лечь поспать парочку веков. Вот сейчас и поговорим, потому что вопрос назрел уже, а оставлять его «на потом» мне отчего-то не хочется.

— Очень правильная мысль, — замечаю я, заходя в столовую. — А у меня к вам разговор имеется.

— Мы не чувствуем себя обделенными, папа, — с ходу, будто прочтя мои мысли, заявляет мне Ирочка. — Мы очень гордимся тем, что... что ты нам доверяешь...

— Разве же можно не доверять детям? — удивляюсь я, потому что не могу себе представить мотива недоверия.

— Ты волшебный, — шепчет Танюша. — Просто сказочный...

Вопрос о том, не читают ли любимые доченьки мысли, я лучше на потом оставлю, меня сейчас волнует другое. Имена малышек, например. Но вот сам факт того, что моя хорошая доченька, полностью принятая, кстати, подумала о том, что меня может это беспокоить, указывает на факт... Да, мы семья. Всё же интересно, она мысли читает? Надо будет поговорить, когда подрастет, а пока запишу в необъяснимое.

— Тогда сразу следующий вопрос, — улыбаюсь я, потянув носом воздух, ибо пахнет чем-то очень вкусным. — Малышам имена сейчас дадим или после гибернации?

— Знаешь, милый, — вздыхает Маришка моя любимая, — давай лучше после. Если кто-нибудь не переживет сон, хоть не так тяжело будет.

Вот это, пожалуй, аргумент. И очень серьезный, поэтому я его и принимаю. Означает сказанное еще и то, что милая моя малышей тоже полностью не приняла, но боится смерти кого-нибудь из них. Все мы этого опасаемся, на самом деле, поэтому пусть будет как она говорит. Ого! У нас борщ, оказывается?

— Вот когда проснемся, тогда и решим с именами, — дополняет Иришка, осторожно пробуя густое варево. — Вку-у-у-усно!

— Ну мама же сделала, конечно, вкусно! — хихикает Танюша, с аппетитом обедая.

В общем-то, очень хорошо, что все решилось. Значит, после еды я проверю работоспособность капсул, затем мы уложим малышей в них, я подключу программы гибернации, и мы проследим на предмет сюрпризов. Это даст нам уверенность в том, что все нормально пройдет, а потом пару часов еще — потому что сначала уложим спать доченек, а потом воспользуемся паузой, чтобы пообниматься, и не только. Да, так будет лучше всего.

«Якутия» идет по своему маршруту, по идее, мы

должны проснуться незадолго до входа в одну из крупных систем, правда, за столько лет многое измениться может, но, я думаю, ничего сверхстрашного не приключится. На самый крайний случай есть субпространственный двигатель, на котором мы можем немного попрыгать, как лягушка по кочкам.

Очень мне хочется поскорее до наших долететь, да только это не в моей власти. Так что буду надеяться, рассказывать доченькам сказки, а пока — проверять капсулы, чтобы следующее руководство не писалось нашей кровью. То, что я этого не сделал в прошлый раз, меня ничуть не извиняет, так что забывать не стоит.

Вот уляжемся мы, а там... А там посмотрим. Я настраиваю интеллект так, чтобы первыми он разбудил нас с Иришей, а в отношении детей мы решим, осмотревшись.

Пространство. Детская неожиданность

Проснувшись под дружный детский рев, испытываю странные ощущения, как будто такое уже было, но лишь спустя мгновение до меня доходит: я в ванной криосна и ничего слышать просто не могу. Она звукоизолирована, именно поэтому дружный и громкий детский рев мне услышать неоткуда, если только это не искусственный разум. Раньше за ним таких игр не замечалось — что тогда происходит?

Ушедшая вверх крышка капсулы мою догадку подтверждает — в отсеке тихо, как и должно быть, а детский рев доносится из капсулы. Это очень необычно и несколько пугает. Я проверяю, конечно, детей, но они еще спят; процесс пробуждения у малышей не начат, а у всех остальных находится в самом начале. Натянув на себя комбинезон, на мгновение задумываюсь, залезая в спинной карман за наладонником.

Ответ на запрос о состоянии систем корабля проходит нормально, а вот к искусственному интеллекту возникают вопросы — потому что ответ на запрос о состоянии, выглядящий как «хнык», пугает сильнее чего угодно. Задумавшись, я припоминаю страшилки детства — о развитии искусственных интеллектуальных систем с превращением в монстров. Прогнав мысль о том, что мозг корабля мог сойти с ума, я решаюсь позвать голосом.

— «Якутия», — громко произношу я. — Что происходит?

— Хнык, хнык, вя-а-а-а-а! — доносится до меня из трансляции корабля.

— Ты не можешь говорить? — интересуюсь я у звездолета, пытаясь прогнать объявший меня ужас.

— Могу-у-у-у-у... — слышится хныкающий детский голос. По-моему, это девочка. Ну, надеюсь, я с ума не сошел, потому что очень похоже.

— А почему плачет маленькая? — спрашиваю я, стараясь прогнать ощущение нереальности происходящего.

— Мне одиноко, — объясняет мне ребенок, по голосу вряд ли старше Танюши. — И страшно еще...

— Не надо бояться, — прошу я малышку, дальше

действуя просто по наитию. — Папа проснулся, папа уже рядом.

— Папа? — удивляется корабельная трансляция.

— Папа, — уверенно отвечаю я. — А вот сейчас еще и мама проснется, и сестренки твои.

— Мама... Сестренки... А почему? — как выстрел звучит вопрос.

— Потому что дети — самые у нас важные, — повторяю я папину науку, да и сам я думаю ровно также.

Голос замолкает, а в это время поднимается крышка Маришкиной капсулы, и чуть погодя — старших доченек. Я обнимаю любимую, помогая выйти из капсулы, а затем иду к старшим, при этом понимая, что, возможно, у нас искусственный интеллект обрел разум, но почему-то детский, поэтому надо тормозить и искать планету, ибо что придет в голову ребенку, не знает никто. Особенно такому ребенку...

— Любимая, — кажется я в первый раз ее так называю, не помню, честно говоря, — у нас одной доченькой больше, — улыбаюсь я ей.

— Ой, как здорово! — радуется Маринка моя, отлично по моему ласковому голосу все понимая. — А можно с ней познакомиться?

— Ой... — слышится в трансляции, при этом голос очень удивленный. — Ты мне рада?

— Ну конечно, маленькая! — улыбается милая моя, будто совершенно не удивившись. — А как тебя зовут?

— Не зна-а-аю, хнык, — готовится заплакать ребенок, но мне в голову приходит мысль, к тому же внутреннее чувство правильности подталкивает действовать именно так.

— Тогда ты будешь у нас Наденькой, нашей Надеждой, — предлагаю я ей, уже понимая, что происходит. — Согласна?

— Папа мне имя дал! — радостно визжит трансляция корабля.

На слух новопоименованной Надежде лет пять-шесть, значит, поведение следует ожидать именно такое. Танюша и Ириша сидят в ваннах своих, хлопая глазами, ну это и понятно: услышали диалог и очень сильно удивились. Я бы тоже удивился, да еще как. Поэтому нужно объяснить детям происходящее, пока они себе ничего не придумали. Но сначала, конечно, заобнимать, одеть и пересадить.

— Наш звездолет обрел разум, — мягко объясняю я Танюше, одевая ее, а Иришкой мама занимается. — И теперь она девочка, ребенок.

— Как я? — удивляется доченька.

— Как ты, — киваю я, погладив ее по голове и

пересаживая в овоид. — Поэтому поздоровайся с сестренкой Надей.

— Здравствуй, сестренка! — громко звучат два голоса, а из трансляции только тихий хнык доносится.

— Здрасте... — негромко звучит в ответ. — А вы действительно хотите меня в сестренки?

— А почему нет? — удивляется Иришка, оглянувшись на меня.

— Ну я же... не живая, получается... — произносит Надя. — И я...

— Ты наша сестренка! — выкрикивает Танюша.

— Так папа сказал, а он точно знает, как правильно.

— Сестренка... — кажется, обретший разум корабль тихо плачет.

Тут вступает Маринка, начиная уговаривать и успокаивать, рассказывая о том, что неважно, насколько Надя живая, потому что она ребенок, а дети очень-очень важные у нас. Я же решаю самых младших пока не будить. Нужно в первую очередь выяснить, где мы находимся и что теперь делать. Важно еще узнать, есть ли где-нибудь поблизости населенные системы, потому что мне кажется, наш путь скоро закончится.

— Сейчас поедим, — произносит Маринка. — Вить, а как Надю покормить?

— Мне не надо, — хихикает малышка. — Можно я просто посмотрю?

— Можно, маленькая, — киваю я.

И вот тут я, заглянув в наладонник, понимаю: корабль работает нормально, попыток «играть» нет, то есть функции свои ставший ребенком корабль исполняет, а это значит — поводов для паники нет. Наденька у нас просто ребенок, еще один ребенок, и все. А детей у нас уже много, и мы справимся. Так что паникую я зря, ибо с Надей надо обращаться, как с другими детьми — просто любить малышку, вот так.

Решив так, я чувствую облегчение, а затем проверяю капсулы малышей. Тут у нас все в порядке, они все живы, а как перенесут пробуждение, мне неведомо, потому стоит пока оставить все как есть. Мы идем в сторону столовой нашей, ибо после гибернации есть хочется всегда, а я пытаюсь понять, сколько лет прошло. Для того, чтобы искусственный интеллект обрел разум, наверное, не одна сотня лет пройти должна, а тогда мы должны быть близко к своей цели. Вдруг нас кто-то сможет услышать? Надо подумать об этом после.

Маринка торопится к автоповару, ну и я с ней, потому что мы уже привыкли все делать вместе, а доченьки, которые живые, начинают болтать со своей обретенной сестренкой. Танюша ей что-то рассказывает, и постепенно Наденька втягивается в разговор. На мой взгляд, это хорошо — обретший разум звездолет, получается, довольно комфортно чувствует себя сейчас. Вот что бы придумать с тактильным контактом? Детям очень нужно, чтобы их обнимали...

Пока девочки болтают с новой сестренкой, я сижу в рубке с Мариной, оценивая, где мы оказались. Несмотря на то что искусственный интеллект обрел разум, став ребенком, основные функции и расчетные мощности работают нормально, правда, любое движение вне курса теперь только на ручном управлении.

— Сейчас мы оценим, где находимся, — сообщаю я Маринке.

Она прижимается к моему плечу, полузакрыв глаза. Ей и самой надо переварить тот факт, что у нас на одно дите больше, притом это не совсем обычное дите. Наденька же весело уже общается с сестрами. Вот ее я отчего-то принимаю мгновенно, как свою, а младших еще не могу. Видимо, дело действительно в имени. Значит, будем называть малышей... Но пока пусть поспят.

Итак, по сравнению с пройденным путем, нам осталось всего ничего. На наладоннике я быстро считаю примерное расстояние, и выходит у меня, что идти нам еще лет пятьдесят, то есть почти долетели, можно сказать. Правда, и лет прошло очень много, существует ли еще человечество? Не передралось ли? Дома-то мы стояли одни против всех, а оставшись в одиночестве, как развивались люди? Нет у меня пока ответов на эти вопросы.

— Уходить в сон нам нельзя, — негромко объясняю я своей любимой. — У нас маленький ребенок, который уснуть не может, а ей будет грустно, и плакать она к тому же будет.

— Ты прав... любимый, — милая моя будто пробует это слово на вкус, и оно ей, я вижу, нравится. — Значит, спать не будем, а будем играть с Наденькой. Долго нам еще?

— Лет пятьдесят примерно, — вздыхаю я, поглаживая неожиданно для меня всё легко понявшую Маринку. — Но у нас есть слабенький субпространственный двигатель. Он может примерно раз в час недалеко прыгнуть, поэтому попробуем ускорить движение за счет прыжков. Как тебе такая идея?

— Вы самые лучшие! — доносится до нас в трансляции. — Таня права, вы самые-самые!

— Вы у нас самые-самые, — сразу же реагирую я, жалея, что не могу обнять ребенка. Нужно будет хоть что-нибудь придумать на этот счет, но пока даже идей нет никаких. — Просто чудесные дети!

В ответ доносится всхлип, а затем Надя возвращается к общению с сестрами, ждущими нас в столовой. Я же считаю маршрут с использованием субпространственного двигателя. При отсутствии возможности автоматического расчета все надо делать руками на всякий случай, поэтому я сейчас посчитаю прыжков на пять вперед, а потом просто введу полностью автоматическую программу, если получится, ну а если нет, то руками, конечно...

— Ты очень легко принял Надю, — замечает Маринка, вздыхая. — Это потому что тебя так воспитали?

— И да и нет, любимая, — качаю я головой. — Она очень родной мне кажется. Надо придумать, как ее обнимать.

— Ты уже, папочка, — сообщает мне Надежда. — Ты душой это делаешь, словами, и мне так же тепло, как...

Она осекается, а я понимаю: у нее же нет других органов чувств, поэтому ей надо видеть и слышать. Как и каждому ребенку — слышать, просто чувствовать, что ее любят, и страх тут совсем ни при чем. Я осознаю власть Наденьки надо всеми, но при этом понимаю, что ничуть не боюсь ее. Так же, как наши дети в любой момент времени уверены в том, что родители защитят, я верю им, и они знают это.

— Сейчас попробуем прыгнуть, — объясняю я наши действия своей любимой девочке, на что она кивает.

Выставив максимально возможное расстояние, я активирую субпространственный двигатель, готовя его к старту. Согласно руководству, на такой скорости входить в субпространство опасно, но у нас просто нет другого выхода — топлива на маневры почти не остается, поэтому я решаю рискнуть. Нажатие клавиши — и экран становится серым, а вот передняя часть рубки показывает мне нечто похожее на черную дыру, и я судорожно вцепляюсь в рукоятки ручного управления.

Необходимо держать звездолет по центру колодца, не давая ему заваливаться визуально в стороны. Что будет, если коснуться стенки тоннеля, не написано ни в каком руководстве, потому совершенно не хочется проверять. Так проходит минут пятнадцать, после чего мы вновь оказываемся в Космосе, но вот визуально окрестности, можно сказать, изменились. Сейчас экраны адаптируются, прекратив показывать серость, и буду выяснять, где нахожусь.

— Мы уже прилетели? — интересуется Маринка,

внимательно глядя в центральную часть, где у нас стекло, укрытое защитным полем.

— Вышли из субпространства, — киваю я.

Что мы имеем? Во-первых, скорость снизилась, хоть и ненамного. Во-вторых, прошли мы не так мало, как мне казалось. Значит, нужно посчитать, сколько таких «прыжков» понадобится, чтобы достичь нужной точки. Что-то меня беспокоит, только я не могу пока сказать, что именно. Задумавшись, глажу любимую по спине, что ей очень нравится, а при этом пытаюсь понять...

— Папа! — доносится до меня голос из трансляции. — Сестренки говорят, нам вот туда надо!

На экранах загорается направление, лежащее в стороне от нашего курса, что заставляет задуматься более глубоко, перед этим, конечно же, поблагодарив ребенка. Если мы прыгнем в том направлении, то придется снижать скорость, во-первых, а во-вторых, как бы не наткнуться на планету какую... Но тут или я детям доверяю, или нет, а они уже показали, что чувствовать умеют. Если же не делать этого, то нам понадобится прыжков сто... М-да...

— Снижаю скорость до половинной, — вздыхаю я, приняв решение. — Если ничего не выйдет, то планету найдем, а детям надо доверять.

— Правы дочки, ты волшебный, — улыбается мне любимая. — Я согласна.

— Мы тоже согласны! — слышу я голос всех троих в трансляции.

Спелись, мои хорошие, вот и ладно. А моя рука ложится на консоль ручного управления, я сдвигаю бегунки двигателей, подавая команду на торможение. То место, куда мы хотим прыгнуть, содержит и звезды, и, наверное, планеты, так что скорость снижать все равно надо. Дело это непростое, требующее внимания, потому что управляю я сейчас в ручном режиме, очень радуясь тому, что этому меня тоже учили. Индикатор готовности субпространственного двигателя, помаргивавший желтым, медленно меняет цвет в сторону зеленого, значит, скоро можно будет прыгать. На самом деле, субпространство не совсем прыжок, но я просто так привык его называть.

— Готова? — интересуюсь я у Марины. — Дети готовы? — добавляю я.

— Дети готовы! — доносит до меня корабельная трансляция.

Вдохнув-выдохнув, я уверенно вжимаю клавишу активации субпространственного двигателя, наблюдая серую муть на экранах и черный коридор тоннеля прямо перед носом. Ну вот и момент истины...

Форпост. Встреча

Тай

С одной стороны, может показаться, что нас сослали подальше, чтобы мы чего не натворили, как у Винокуровых принято, но вот тетя Маша очень четко на эту тему высказалась, поэтому мы висим здесь, на Форпосте, пытаясь понять, какой в этом смысл. Скучно так, что хоть волком вой, но ничего не поделаешь.

Лениво попискивает основной буй, за ним наблюдает второй, а мы занимаем место автоматического патрульного, пытаясь не сдохнуть от скуки. Квазиживые Ли и Рая нам в этом помогают. Они находятся в готовности, потому что уровень осознания разума нашего звездолета уже подбирается к той самой черте, когда ему будут нужны мама и папа, чтобы ничего не натворил. Интересно, как раньше люди с детством разума справлялись?

— Рая, а как с детством корабельного разума справлялись до квазиживых? — интересуюсь я у выглядящей молодой женщиной квазиживой.

— Сначала появились мы, потом уже разобрались с осознанием крупных систем, — улыбается она мне. — Так что описанных в детских страшилках сюрпризов удалось избежать. А вот предки были на грани, конечно...

— Понятно, — киваю я, поглядывая в черноту пространства, посреди которого мы висим который день. И вот кажется мне, что приключения к нам уже спешат.

— Чувствуешь что-то? — улыбается мне Дана, неразделимая со мной.

— Да, есть такое ощущение странное... — вздыхаю я, пытаясь понять, что я чувствую.

— Ага, — кивает она. — «Меркурий», сигнал главной базы: у Тая дар активировался.

Точно, мы же творцы! По новой инструкции базу извещать обо всех случаях активации дара нужно, потому что хоть и редок он, но вбирает в себя все остальные, и его активация значить может совершенно что угодно. База ожидаемо включается в диалог, разгоняя нашу скуку.

— Тай, что именно чувствуешь? — интересуется у меня голос тети Маши, заставляя улыбнуться.

— Приключения, — отвечаю я всего одним словом, зная, что меня поймут.

— Приключения... — задумчиво произносит она. — Мы идем к вам!

Связь прерывается, оставив меня в полном... удивлении. Тетя идет к нам, но прибудет она не мгновенно, разумеется. Неужели что-то настолько важное? Впрочем, неважного у нас не бывает, но тем не менее... Ну что может случиться? Возможный друг вывалится или еще что произойдет? Не знаю, честно говоря.

— Пойдем, учителя спросим, — предлагает мне любимая моя. — Заодно и поспим, время-то позднее.

Тут она очень даже права: и время позднее, и учитель может лучше знать, что мое ощущение означает. Предвкушение такое необычное, как будто друг навстречу идет или брат... Ну и приключения совсем безопасные, если дару верить, а не верить ему я просто не умею. И Дана не умеет, потому что нас очень хорошо научили к себе прислушиваться и сигналы дара интерпретировать. Вот и сейчас что-то явно странное происходит, есть такое чувство.

По крови мы не Винокуровы — нас в космосе

нашли, но, став членами семьи, мы вполне себя Винокуровыми ощущаем. Семья у нас большая, дружная и постоянно приключается. Как будто что-то нарочно испытывает именно нашу семью, хотя возможное объяснение я уже знаю. Пока что это объяснение единственное, да.

Дана утаскивает меня в каюту — пообниматься, возможно и не только, чтобы сбросить напряжение, но у Мироздания на нас сегодня явно другие планы. Едва мы сбрасываем корабельные комбинезоны, чтобы почувствовать друг друга, как события несутся вскачь. Коротко рычит тревога, я подхватываю одежду, пытаясь очень быстро попасть в рубку и не убиться при этом. Дана скачет прямо так, явно собираясь одеться уже в рубке.

— Фиксируется переход корабля, идущего с нарушениями правил навигации, — сообщает в корабельной трансляции голос пока еще не осознавшего себя разума «Меркурия».

— Сообщение на базу Флота, — командую я. — Установить контрольный канал.

— Канал установлен, — слышу в ответ, выдыхая в процессе натягивания одежды.

— Время выхода какое? — интересуется Дана, падая за консоль.

— А уже, судя по всему, — хмыкаю я, показывая

на характерную воронку, выглядящую так, как будто вспучилось пространство.

Сразу же, вторя моим словам, из субпространства вываливается корабль незнакомых очертаний, явно намеревающийся продолжить свой путь с довольно серьезной скоростью. Но уже оживает навигационный буй, приветствуя неизвестного в пространстве Человечества, а я активирую протокол Первой Встречи.

— «Меркурий»! — выкрикиваю я. — Сорок два на базу!

— Сорок два передано, — отвечает он мне, и спустя мгновение: — Гость идентифицирован по маяку.

Я ошарашенно смотрю на экран, куда разум звездолета выводит данные идентификации гостя. Получается, он в полете пять эпох, если не больше! Потому что это исчезнувшая во время Исхода «Якутия». Я и не знал такого звездолета, но разум «Меркурия» имеет довольно обширные базы данных, к тому же, учитывая, что он относится к структуре «Щита», закрытых тем у него нет.

— Человечество приветствует нашедшихся братьев! — тем не менее сообщаю я. — Нужна ли вам помощь?

— А вы папу с мамой и сестренок не обидите? —

в ответ я слышу детский голос, очень сильно удивляясь этому факту.

Это девочка лет четырех-пяти, она спрашивает с тревогой в голосе, вот только не принято ребенка на связь пускать. И если это тот самый потерянный звездолет, то новости у нас сложные. Ибо в пути он был сотни лет, за которые разум корабля вполне мог себя осознать. Учитывая построение фразы, экипаж жив, но... Надо отвечать.

— Что ты, маленькая, — как можно ласковей отвечаю я. — Твоих родителей и сестренок никто и никогда не обидит! И тебя тоже!

— Даже если я неживая? — удивляется она.

— Дети превыше всего, ребенок, — отвечаю я истиной нашей расы. — Совершенно неважно при этом, какие.

— Папа! Папа! Они говорят, что дети превыше всего! Прямо как ты! — девочка теперь обращается не к нам, но мы слышим ее.

Звездолет, идентифицированный как «Якутия», включает двигатели на торможение, мне это очень хорошо видно, а в канале связи на некоторое время повисает тишина. Затем я слышу голос. Твердый голос, принадлежащий вроде бы такому же парню, как и я, — по крайней мере, звучит молодо.

— Здравствуйте, люди, — он вздыхает. — Звездолет «Якутия» нуждается в вашей помощи. На связи Виталий Винокуров.

И у меня аж дыхание на мгновение пропадает — Винокуров! Объединение семьи спустя пять эпох. Но он говорит о необходимости помощи… что же произошло?

Виталий

На этот раз «Якутии» не слишком хорошо, видимо, стенку тоннеля я все-таки задел. Пока я пытаюсь разобраться, где мы находимся, Наденька начинает разговор, при этом я не успеваю ее остановить. На знакомом мне языке кто-то неведомый очень ласково говорит с ребенком. И я чувствую облегчение, включая полное торможение. Мы, похоже, долетели.

— Папа! Папа! Они говорят, что дети превыше всего! Прямо как ты! — восклицает Наденька на все пространство.

— Да, маленькая, — киваю я, вздохнув. — Мы, похоже, долетели, и теперь все будет хорошо.

— Ну, раз ты так говоришь… — задумывается ребенок. — Тогда ладно!

Что означает ее «ладно», я понимаю мгновение спустя — загорается сигнал открытого канала связи. Что же, теперь я могу говорить с людьми. Раз для них дети превыше всего, то это совершенно точно наши люди. Я проверяю тем временем состояние звездолета. Дети в безопасности, старших Маринка просит в рубку прийти. А вот с самим кораблем не все так хорошо, как бы не отлеталась наша «Якутия».

— Здравствуйте, люди, — вздыхаю я. — Звездолет «Якутия» нуждается в вашей помощи, — тут я вспоминаю руководство и добавляю: — На связи Виталий Винокуров.

— На связи Тай Винокуров! — слышу я в ответ.
— Здравствуй, легендарный предок!

От этой новости я теряю дар речи. Выходит, мы встретились с членом семьи. С родившимся много лет спустя членом нашей семьи. Значит, сестренка выжила, и это очень хорошая новость. Интересно, буду ли я для потомков мартышкой в зоопарке или же... Что теперь будет? Вот что меня беспокоит.

— Виталий, какая помощь нужна? — волнующийся голос далекого потомка моей сестры будто протягивает тонкую нить между нами, показывая, что мы больше не одни.

— В первую очередь медицинская, — объясняю я, вываливая все проблемы скопом. — Танечке и Ирочке еще на Земле злые люди повредили позвоночник, и они не ходят. Нами спасено шестнадцать малышей в возрасте около полугода, четверо в плохом состоянии были, да и остальные как перенесли гибернацию, я не знаю. Ну и еще у нас Наденька, она разум обрела, но все равно наш ребенок... Есть ли какая-нибудь возможность извлечь ее из корабля, чтобы хоть обнять было можно?

— Папочка... — доченька всхлипывает, отлично понимая, что я имею в виду.

— Понял тебя, — слышу я ответ Тая. — Сейчас позовем на помощь, продержись еще немного!

Я обнимаю Маринку, затем и старших наших доченек, ласково разговариваю с Наденькой, чтобы она не боялась, что ее оставят одну, а сам раздумываю о том, что нас ждет теперь. Между нами и ими огромная пропасть времени, но я не чувствую фальши в голосе Тая. И внутреннее ощущение говорит о том, что все хорошо будет. Может быть, зря я ему вывалил все проблемы скопом?

— Не беспокойся, папочка, — произносит Иришка, чему-то улыбаясь. — Они хорошие, я чувствую.

А канал связи тем временем оживает, но общаются явно не с нами. Из этого можно сделать простой вывод: Тай не хочет, чтобы мы чувствовали себя одиноко или в опасности, потому позволяет нам услышать переговоры. По-моему, это очень достойное поведение.

— «Меркурий» базе, отмена сорок два, — сообщает голос Тая. — По моим координатам необходим эвакуатор с медперсоналом.

— База «Меркурию», уточните мотив, — отвечает ему уверенный мужской голос, по-видимому, дежурного.

— Из субпространства вышел звездолет, идентифицированный как «Якутия», — отвечает ему потомок моей сестры. — Судя по маркеру, он в полете пять эпох. На борту дети, нуждающиеся в помощи, опасности для жизни пока нет.

— Нравится мне это твое «пока», Винокуров, — вздыхает неведомый офицер. — Понял вас, ждите!

И кажется, обычные, спокойные переговоры, но при этом слову совсем молодого парня явно верят. Не давят, не пытаются выйти на связь в обход, а действуют так, как будто сказанное Таем — истина в последней инстанции, и вот это мне как раз странно. Необычно это звучит, поэтому я не спешу, а ожидаю команды. В этот момент в эфире появляется ласковый женский голос, желающий, насколько я понимаю, переговорить с Наденькой.

— А можно, чтобы все? — робко спрашивает она.

— Можно, маленькая, конечно же, можно, ведь они твоя семья, — теплом женщины, кажется, затапливает весь звездолет, да так, что Маринка моя еле слышно всхлипывает. — Меня зовут Рая, я квазиживая.

— А что это такое? — удивляемся мы все.

И вот тут оказывается, что такие, как наша Наденька, у людей называются «квазиживыми», потому что они не рожденные, а созданные, на этом разница заканчивается. Они такие же люди, как и остальные, их уважают, любят, а у одной квазиживой пары даже живые дети есть, потому что так получилось. Ну вот эта женщина начинает расспрашивать Наденьку, но в разговор еще и сестры ее встревают, а я не хочу их останавливать. Мы одна семья.

— Не расстраивайся, Наденька, разумные обязательно что-нибудь придумают, — произносит квазиживая и прощается, а мы продолжаем рассказывать детям, какие они важные и нужные.

Страшно, конечно, немного, но я почему-то верю, что ничего плохого нам сделано не будет, поэтому нужно просто немного подождать. Тем временем я рассказываю Таю, что у нас на парковочной палубе стоит «модуль спасения» скорее всего уже несуществующей расы, от которой только малыши остались, ну и Маринка моя. Он передает мои слова дальше, что мне напоминает вполне рабочий процесс. В этот момент неподалеку от нас появляется гигантский просто звездолет. Он больше «Якутии» раз в десять или даже больше, я вижу какие-то башенки, выступы, и совершенно не понимаю, что это такое.

— Ура, «Марс» прибыл! — радуется Тай. — Сейчас тетя Маша все разгребет, а там и эвакуатор подойдет.

И такое облегчение в его голосе, что мне становится уже очень любопытно. Неведомая мне пока «тетя Маша» моментально включается в работу, запрашивая у меня что-то о галерее, но я не знаю, что это такое. Наверное, конструкция «Якутии» ее не предусматривает, а затем Тай напоминает еще о чем-то... И я теряю нить разговора.

Просто совершенно уже ничего не понимаю, поэтому мы обнимаемся все разом, чтобы как-то успокоиться. Страшно, конечно, потому что не понимать что-либо не очень комфортно, а тут идут разговоры не самые понятные. Я уже думаю оставить потомков «трындеть», как папа говорил, а самому с семьей еду принять, но тут вдруг галдеж прекращается и начинается разговор уже по делу.

Пространство. Непростые задачи

Мария

Сигнал от Тая звучит, когда мы уже и ждать устаем. Не хотелось молодежь посылать, но девчонки были неумолимы: лететь должен он. Почему так, кто знает... «Марс» буквально срывается с места, уходя в скольжение, поэтому все новости я получаю, уже прибыв на Форпост. И вот здесь нас ждет сюрприз — древний, знакомый разве что по Витькиному протоколу корабль характерных для Второй Эпохи очертаний. И ладно бы только это...

— Марьсергевна, протокол, — скороговоркой обращает мое внимание на полученные данные командир «Марса». — Запрошен эвакуатор.

— Значит, хода не имеет, логично, — киваю я, погружаясь в переданные мне данные.

Автоответчик судна дает странное время в пути. Шли они своим ходом, но вот выходит, что чуть ли не со времен Древности, то есть пять эпох. Как это возможно, мне еще нужно разобраться, но пока надо включаться в работу. На борту у «Якутии» шестнадцать малышей в состоянии сна, но не обычного, а довольно древними технологиями достигнутого. Несмотря на то что утверждается отсутствие опасности для детей, я в этом сомневаюсь, помня историю.

— Вэйгу, твое мнение? — интересуюсь я у разума нашего медицинского отсека, больше похожего на госпиталь.

— Ситуация может стать неконтролируемой, — отвечает мне не умеющий ошибаться Вэйгу, подтверждая тем самым мои мысли.

— И еще двое детей у них с повреждениями позвоночника... — вздыхаю я, придавливая сенсор связи. — Тай и Дана, прибыть на «Марс».

— Мария Сергеевна, здесь Рая, — слышу я в ответ голос квазиживой с «Меркурия». — Обретенные родственники не согласятся уйти. У них разум себя осознал, но при этом они приняли ее дочерью.

Я негромко высказываюсь на эту тему, потому

что квазиживые на кораблях именно для подобных случаев существуют. Именно они становятся родителями осознавшему себя, а потому проходящему свое детство мозгу. Ситуация получается тупиковая, на первый взгляд.

— Саша, — я обращаюсь к офицеру связи. — Что мы можем сделать?

— Перенести разум в транспортный контейнер, если согласится, — пожимает он плечами. — А потом надо будет думать, потому что...

Ну что он хочет сказать, я как раз понимаю. Разум осознал себя, при этом на корабле нет квазиживых, а взрослые восприняли его ребенком и, насколько я понимаю, приняли в семью. Значит, мы имеем вариант Викиной Тани, отчего решение должно быть похожим. Слава разуму, мы это уже умеем.

— «Якутия», примете на борт инженера? — интересуюсь я, опять коснувшись сенсора связи пальцем. — Вашей дочери требуется транспортный контейнер для того, чтобы вы с ней не расстались.

— А это для нее не опасно? — сразу же слышу я усталый голос главы их семьи.

— Не опасно, — отвечаю я ему. — Дети у нас превыше всего, и нет разницы, рожденные они или созданные. Кстати, а почему изображения нет?

— Так нет у них такой функции, — вздыхает Саша. — Древнее ж все, как окаменелость.

— Мы готовы, — врывается в канал Тай. — Только, по-моему, они галерею принять не могут...

Ну это ожидаемо, поэтому у нас очень разные способы есть. Можем даже в трюм принять, если влезет, но лучше подождать Сашку, у него в док вообще что угодно залезет, хотя мы не проверяли. Судя по всему, время пока терпит. Пока ребята решают технические проблемы, а Тай с Даной спешат сюда, поговорю-ка я с нашими предками.

— Меня зовут Мария Сергеевна Винокурова, — представляюсь я, — я глава группы Контакта.

— Человечество теперь полностью из Винокуровых состоит? — ошарашенно спрашивает меня Виталий. Как следует из протокола, это его имя.

— Нет, конечно, — улыбаюсь я, хоть он меня и не видит. — Просто семья у нас большая, и к вам, конечно же, первыми успели мы. Все-таки одна семья...

— Даже несмотря на то, когда я родился? — интересуется он, и вот тут до меня доходит.

Он подросток еще, по сути. Рассуждает как подросток, интонации у него характерные, поэтому нужно выяснить, что именно с ним случилось, а затем обеспечить маму и папу, ибо кажется мне, парня, да и девочек его еще согревать придется, а пока я ему объясняю факт того, что Винокуровы — всегда Винокуровы, и от времени рождения этот факт не зависит. А вот затем уже начинаю расспрашивать, просто чтобы занять время.

— Очнулся я один на звездолете, — рассказывает Виталий, а я понимаю: мнемограф нужен, даже очень. — Мне семнадцать было, ну и заняться нечем, потому пилотские курсы проходил, а затем...

Он рассказывает, а «Марс» тем временем расставляет этапы его рассказа на экране, и что-то у меня сразу не сходится. Мнемограф даст ответы на вопросы, но вот пока я замечаю несколько слишком странных совпадений. Я никак не комментирую его рассказ, но при этом даже без подсказки разума нашего звездолета вижу точки совпадения, обычно не встречающиеся или встречающиеся редко. Итак...

Первая точка у нас — «проснулся один на корабле» — симуляцию напоминает. Довольно стандартная точка входа в симуляцию, что в древности, что сейчас. Отметили. Что у нас дальше? Три года одиночества. У подростка! Как только психика выдержала... ладно, затем экзамены и сразу же провал в прошлое. Только мне это кажется странным?

— Марьсергевна, на Испытание похоже, — замечает неслышно подошедший специалист «Щита».

— Альеор на лекции примерно так его описывал. Посмотрите, если это Испытание, тогда...

Да, тогда все получается логично — и сражение с Врагом, и найденные малыши, и обретенная любовь. Выходит, Виталий трижды Испытание прошел, доказав свою разумность, и только потому выжил. Если только это не простые совпадения, но мы точно выясним, потому что тоже уже умеем. С другой стороны, все три дочери, включая квазиживую, на нем тогда намертво фиксированы, что добавляет динамичности в то, как их обустроить... Кого бы им в мамы-то, вот в чем вопрос.

Инженеры заканчивают с галереей, хотя древний звездолет ее изначально не предполагает, значит, сейчас начнут эвакуацию. В первую очередь малышей, а затем уже и тех, кто постарше. У нас в госпиталь столько народа поместится? Я вызываю движением пальцев схему и вижу, что Вэйгу обо всем уже подумал — теперь уже поместится. Нужно решить: будить ли малышей до госпиталя или лучше не надо, а вот девочкам, которые не могут ходить, ножки мы починим немедленно. Ну и мнемограф, потому как кино может оказаться очень несмешным. И чует мое сердце, что таковым и будет. Ну что ж, работаем.

Виталий

Новость о том, что Наденьку можно переместить, меня, честно говоря, радует, поэтому выясним у Марии Сергеевны подноготную, а я объясняю ребенку, что хотят сделать с ней и что будет потом. Она сначала пугается, как и всякий ребенок, но я говорю уверенно, поэтому доченька в конце концов соглашается. Во мне горит надежда на то, что люди, так быстро нас принявшие, не сделают ничего плохого. Выходит, я веру в людей не растерял после всего того, что было... В прошлом.

— Винокуров, который Виталий, — обращается ко мне представившийся инженером корабельных систем специалист, — мы закончим с галереей и тогда займемся твоими дочерями. Бояться не надо, все плохое уже закончилось.

— Все плохое закончилось, когда папа пришел, — отвечает ему Танечка, сидящая у меня на руках.

Страшно ей немного, хотя она точно чувствует, что ничего плохого нам не желают. Я, кстати, очень хорошо это почему-то ощущаю — ничего плохого не будет. Надо будет потом спросить у них, может быть, люди уже знают, что это за ощущения такие? Вот бы научиться владеть, а не тыкаться в потемках... Впрочем, у нас сейчас другие проблемы.

— Вы у меня тут останетесь, или все вместе

встречать пойдем? — интересуюсь я у дочек и любимой моей.

— Все вме-е-есте-е-е! — восклицают хором доченьки.

— Тогда я Танюшу усажу, чтобы руки свободные были, согласна? — интересуюсь я у ребенка.

— Хорошо, папочка, — отзывается она, чуть погрустнев, но не слишком сильно.

Что-то чувствуют мои хорошие, что-то ощущают, только не понять мне пока, что именно. Пересадив ребенка в овоид, я поднимаюсь на ноги, двинувшись на выход из рубки. Насколько я понимаю, непонятную мне «галерею» сделали напротив основного шлюза, не того, который на парковочную палубу выходит, а того, который с момента старта не использовался никогда. Уже очень любопытно, как это у них получилось.

Мы спускаемся по ступенькам в самый «низ», хотя на корабле он, конечно, относительный, чтобы подойти к формально называемому «главным» шлюзу. Страшно немного его открывать, поэтому я замираю в раздумьях. Но, видимо, от меня действий и не требуется, потому как огромный люк с жутким скрипом откатывается в сторону. За ним стоит улыбчивый человек чуть постарше меня. Злости или агрессии я не чувствую, потому улыбаюсь в ответ.

— Здравствуйте, меня зовут Виталий, — произношу я, представляя затем и семью. — Винокуров. Вот это Марина Винокурова, дочки наши, только Наденьку не видно, но...

— Здравствуй, Виталий, — кивает мне незнакомый пока инженер. — Меня Алексеем зовут. Очень мне приятно познакомиться с такой прекрасной семьей!

Доченьки сразу же улыбаться начинают, а Алексей говорит, что сначала эвакуирует малышек, а там и наша очередь придет. Я предлагаю показать ему, что и где у нас расположено, на что он благодарит. Логично же, что Алексей на таких кораблях, как «Якутия», ни разу не был, поэтому мы отправляемся в обратный путь, а через шлюз проходят другие люди, видимо, чтобы помочь. При этом каждый и каждая спрашивают разрешения «взойти на борт». У меня от этого немного даже голова кружится — нас спрашивают, наше мнение важно, вот что подчеркивают люди. И это, на самом деле, необыкновенно, потому что я себя дома чувствую. Эх, видел бы папа...

— Это что у вас? — интересуется у меня Алексей, как только мы доходим до места гибернации.

— Раньше залом совещаний было, — объясняю я. — Но малышей стоило всех вместе положить, им же полгода всего. Вот поэтому помещение и заняли. Да, Алексей...

— Чем помочь? — интересуется он у меня.

— У меня в трюме... — я тяжело вздыхаю. — Там экипаж и... папа... Их бы похоронить...

— Не беспокойся, будет и церемония, — не очень понятно, но уверенно произносит инженер, а затем поднимает руку, на которой я замечаю широкий браслет, поближе к глазам.

Я понимаю: ему сложно сразу сообразить, поэтому я объясняю Алексею, как устроены детские капсулы, как их перевозить автономно, если недалеко, и какое питание им необходимо. Я это все по руководству выучил, потому делюсь. Он кивает, вызывая кого-то, а затем, мягко отодвинув меня в сторону, в зал входят другие люди. Они что-то делают с капсулами, отчего те взлетают в воздух, хотя раньше такого вроде бы не умели, и улетают.

— Так, — кивает Алексей, — сейчас младших в госпиталь поместят и там уже будут разбираться, а нам нужно члена вашей семьи в транспортный бокс поместить.

— А я смогу... — Наденька запинается. — Я смогу оттуда с папой... и с мамой...

— Говорить сможешь, — уверенно отвечает инженер. — Мы же не звери, так что все точно сможешь, не бойся.

— Только я не знаю, где доченька расположена, — признаюсь я ему, но он просто похлопывает меня по плечу и куда-то уходит.

Немного не по себе от неизвестности, но при этом я замечаю, что нас не пытаются никуда увести, как будто понимают. Маринка моя рассказывает Наде, что скоро она будет в наших руках, а там все наладится, дочка тихо всхлипывает, Танечка, кстати, тоже.

— Поранилась? Грустно? — спрашиваю я младшую доченьку.

— Я за компанию, — объясняет она мне. — Наденьке же грустно одной плакать, а вдвоем не так страшно.

Я гляжу прижавшихся ко мне детей, давя в себе эмоции, особенно когда Наденькин голос прерывается. Страшно за нее, просто не могу даже объяснить как. Слов просто нет таких. Но спустя несколько минут к нам выходит Алексей, держа в руках небольшую серебристую коробку с экраном, на котором Танечка. Присмотревшись, я вижу, что отличия есть, но это все равно Таня, понимая — Надя просто скопировала образ.

— Ой! — реагирует младшая. — Мы одинаковые! Ура!

— Сестренка! — обнимает коробку наша старшая, а я — их всех.

При этом Алексей наши действия никак не комментирует, а просто ждет, пока мы наобнимаемся, и я ему за это искренне благодарен. Наденька рассказывает, что ей ничуть уже не страшно и дяденька такой хороший оказался, поэтому она очень-очень рада. Сестренки ей рассказывают, что они тоже рады, а я глажу их всех, затем уже взглянув на Алексея.

— Ну, пойдемте на «Марс», — предлагает он нам. — Вас там семья уже заждалась, да и госпиталь тоже. Прививки у вас же нет?

— Есть, как не быть, — улыбаюсь я, на что он только кивает.

В общем-то, все ясно, врачам нас всех стоит показать, ведь мы очень много времени в гибернации провели — мало ли как она сказалась на наших телах, а я ни разу не врач. Вот поэтому нас сначала обследуют, дочек полечат, а затем и торжественная встреча будет. С планом я согласен, и отправляюсь вослед за инженером.

— Такое ощущение, что люк лет сто не открывали, — делится он со мной, когда мы тамбур проходим.

— Больше, я думаю, — отвечаю ему. — С самого старта его никто не трогал.

— Ого... — отчего-то удивляется Алексей, а вот дальше...

Дальше перед нами предстает длиннющая труба, уходящая, кажется, в бесконечность. Она хорошо освещена, имеет темно-зеленый цвет и мягко пружинит под ногами. Вот такой у нас, выходит, путь в новую жизнь...

Субпространство. Рукопожатие эпох

Мария

Звездолет, конечно, древний, но проблем с подключением капсул, по мнению инженеров, это не вызывает. Квазиживая с «Меркурия» очень взволнована, рассказывает мне о том, что разум древнего корабля принял родителей и сестер полностью, а так как мы не делаем квазиживых детьми — надо повторять то, что с Викиной Танечкой сделали однажды.

— Марьсергевна, — обращается ко мне инженер корабельных систем, «Якутией» занимающийся, — Виталий говорит, у него в трюме погибшие члены экипажа... Я распоряжусь перевести к нам?

— Имеет смысл, — киваю ему, раздумывая еще над озвученной историей. — Что с детьми?

— Малышей перевели, квазиживую в транспортный поместили, семья топает по галерее, — коротко отвечает мне Алексей. — Самим кораблем эвакуатор заняться может.

Это правильно, Сашка вот дойдет и отбуксирует «Якутию», я так полагаю, в музей, потому что тут ее дорога заканчивается. Перед этим надо блоки памяти рассмотреть, ибо много странного в рассказе предка. Ну и трансляцию затем, не каждый день встреча такая происходит.

Тут на экране появляется изображение. Я понимаю, почему «Марс» решил показать нам эту картину: прямо напротив экрана, демонстрирующего сейчас вид галактики Млечный Путь, стоят двое Винокуровых, пришедшие из разных эпох, пожимая друг другу руки. Выглядит, конечно, очень красиво, и, пожалуй, именно так мы дадим это в трансляцию.

— Тай, Дана, Винокуровых с «Якутии» в медотсек проводите, — прошу я ребят, думая отправиться туда же.

— Я сама схожу, Маш, — Лерка улыбается с хитрецой, значит, что-то чувствует. — Тебе тут надо быть.

— Ну ладно… — неуверенно соглашаюсь я, ибо она как интуит сильнее и чувствует раньше.

Надо еще выяснить, как малышей зовут, ну и проверить, в каком они состоянии. Вэйгу следует запросить в этом отношении, ибо обследовать малышей можно и в состоянии сна, насколько я понимаю процессы гибернации. Человек-то ничего не поймет, но в распоряжении Вэйгу серьезные мощности, так что первых результатов можно ожидать довольно скоро.

— Свернуть галерею, — приказываю я, подчиняясь голосу дара, а он мне подсказывает, что скоро предстоит нам много побегать. И будто в ответ, коротко рявкает сирена оповещения.

— Опасность для жизни ребенка! — самый страшный из возможных сигналов прорезает помещения звездолета. Дождались, значит.

— Экстренный старт! Курс — на Минсяо! — опережает меня командир звездолета, и сразу же экраны расцветают радугой плазменного туннеля гиперскольжения.

— Вэйгу, подробности? — интересуюсь я у разума медотсека.

— Четверо из младших могут погибнуть при выходе из сна, — объясняет мне он. — В отношении старших имеются критические повреждения.

Несмотря на то, что они двигались, случай очень запущенный. Имеются вопросы к самым старшим.

Ну еще бы... Врача на борту у Виталия не было, что смог, он починил, а что не смог, только чудом не закончилось ничем плохим. Поэтому мы сейчас мчим со всех ног на Минсяо, где центральный госпиталь расположен, а я все же топаю в медотсек. Пока у нас есть время, надо хотя бы поговорить. Все-таки есть у меня странные ощущения какие-то, при этом я совершенно не могу оценить их, чего со мной обычно не бывает.

Кивнув работающим офицерам, покидаю рубку. Справа привычный подъемник, уже готовый унести меня на уровень госпиталя. Маркер иммунизации, кстати, у всех положительный, как мне сообщает Вэйгу на браслет, что само по себе странно, ибо универсальная вакцина применяться начала уже после Исхода, насколько я помню историю. Откуда тогда у них она? С одной стороны, нам же легче, а с другой — загадки множатся. Подъемник останавливается, позволяя мне выйти прямо в госпиталь, как мы медотсек называем.

— Здравствуйте, — здороваюсь я со всеми, встречая полные тревоги глаза, судя по всему, Виталия. — Мы уже знакомы, меня можно называть...

— Тетя Маша, — улыбается мне Тай, а Дана, что характерно, молчит.

— Можно и так, — киваю я. — Ты Виталий, мы уже знакомы, правильно?

— Правильно, — кивает он, — а это Марина, она моя любимая, дети спят, поэтому... Но...

— Старшим детям безопаснее до госпиталя поспать, — объясняю ему, — а квазиживую готовят. Она станет обычным ребенком, живым, — уточняю я, и сразу же улыбаюсь, увидев искреннее счастье в глазах молодых родителей. — Скажите, а как зовут малышей?

Вот тут я вижу опущенный взгляд Марины, сразу насторожившись. В целом, учитывая их молодость, сразу принять такую ораву им было сложно. Все-таки и у сестренок, и у племяшек ситуация была другой, а тут большая орава, да еще частично на грани, — о, понятно, отчего имена не дали, но нужно предоставить возможность и им объясниться.

— Мы хотели дать имена после сна, — вздыхает Виталий, прижимая к себе девушку. Если я правильно вижу, здесь имеет место уже хорошо знакомый нам импринтинг, поэтому надо будет с ними осторожно. — Чтобы, если...

— Если не выживут, чтобы не так больно было, — прерывает его Марина. — Я просто не смогла, а любимый...

— Сразу принять их не смог, — киваю я, не желая больше мучить испытывающих неоправданное чувство вины молодых людей. — Это нормально, учитывая вашу молодость.

И лишь стоит мне озвучить это, как я осознаю несоответствие: Виталий не выглядит на двадцать-двадцать два, как должно было бы быть, исходя из его рассказа. Он, конечно, уже опаленный, но тем не менее подросток, как и Марина. И это открытие говорит мне о том, что мнемограф нужен, как и оценка развития тела, ибо так не бывает. Случается, что человек выглядит моложе своих лет, но развитие тела при этом возрасту соответствует, а тут, насколько я понимаю...

— И что теперь будет? — интересуется Виталий.

— Ну как что, — улыбаюсь я. — У малышей появятся родители, вы получите своих детей и будете жить. Не вы первые, так что пугаться не надо.

— Но малыши же другой расы, — не очень понимает меня девушка.

— Не бывает чужих детей, — отвечаю я ей истиной, показанной мне когда-то давно самым лучшим человеком в мире.

— Она как ты! — Марина сообщает это своему любимому, без которого жить просто не сможет, что мне хорошо заметно.

Вот значит, почему он Испытание разумности прошел — полное соответствие нашему Критерию, что необычно, ибо Человечество обрело разум после встречи с Первыми Друзьями, а тут, выходит, Винокуровы были разумными изначально? Нужно будет запросить Хроники Памяти в отношении времени Исхода: когда именно исчезла «Якутия»? Кажется мне, что и тут сюрпризы будут.

Татьяна

Узнав о детях, я спешу в медотсек, который от госпиталя мало чем отличается. Предкам знать о том, что детей до года погружать в гибернацию нельзя, было неоткуда, не имелось у них такой информации, поэтому только чудом в древности удалось избежать массовых смертей. Но вот сейчас у нас ситуация нехорошая: полугодовалые малыши находятся в этом состоянии очень длительное время, что означает — ситуация уже грозная, и стоит появиться первым капсулам, как я убеждаюсь в своей правоте.

— Нельзя будить, — вздыхаю я, как только заканчивается первичная диагностика.

— Подтверждаю, — отвечает Вэйгу. Негромко взревывает сирена. — Опасность для жизни ребенка!

Самый, пожалуй, страшный сигнал из существующих, поэтому сейчас, насколько я Машу знаю, мы очень быстро побежим на Минсяо. Я проверяю подключение капсул, и это пока все, что можно сделать, но у меня же еще пациенты есть! И, судя по всему, непростые пациенты — две девочки не ходят, что там с их родителями, неизвестно, да еще и квазиживая, возникшая в результате осознания себя. То есть вместо нормального процесса взросления мозга мы имеем ребенка. Статус у нее при этом меняется мгновенно, поэтому нужно малышку в живое тело, которое еще создать надо. Ну да у группы Контакта никогда простых задач не было.

Вот и они, кстати. Тай с Виталием чуть ли не в обнимку, девочки чуть позади, при этом младшие обе обнимают транспортный контейнер, передвигаясь в... хм... Или я плохо знаю историю, или во Вторую Эпоху таких маленьких гравитаторов еще не было. Я улыбаюсь всей честной компании, представляясь. Сейчас мы обрисуем им будущее ближайшее.

— Детей надо положить в капсулы, — объясняю я старшим. — Пока летим до госпиталя, их обследуют и выдадут рекомендации, ну заодно и бояться не будут.

— Раздеваться надо, да? — по-моему, у старшей из девочек интонации обреченные.

— Если сложно, то не надо, — качаю я головой, вспоминая племяшек. — Мы решим эту проблему, пока вы будете спать.

— Нет, мы сможем, если папа... — я знаю этот взгляд, мы на папу ровно так же смотрим, но у нас импринтинг... Неужели и здесь тоже? Значит, возможны и другие сюрпризы.

Кстати, Виталий выглядит даже младше Тая, да и Марина его тоже, что может значить многое — от проблем с сердцем до несоответствия возраста. Но это мы тоже сейчас проверим, правда, незаметно. Сначала у нас дети, которых очень ласково раздевают родители. Сколько бы им лет ни было, они родители, это заметно. Опять история повторяется, и опять с Винокуровыми. Хоть и известна нам уже причина, но каждый раз сердце замирает.

— А я? — интересуется девочка из транспортного контейнера. — Можно и я посплю с сестренками?

— Можно, — киваю я, показывая на специальную капсулу — она намного меньше других, и приготовил ее Вэйгу, что уже о многом говорит. — Вот здесь ты полежишь и поспишь, а потом проснешься, и надо будет учиться ходить.

— Как ходить? — сколько удивления в голосе ребенка. Пусть квазиживого, но все равно ребенка, совершенно не ожидавшего того, что я говорю.

— Ты ребенок, — объясняю я ей. — Тебе хочется быть с сестрами, чтобы мама с папой обняли, играть со всеми, учиться, правда же?

— Да-а-а-а! — она плачет, судя по голосу. Понятно все, малышка уже приняла тот факт, что у нее никогда такого не будет, но дорожила каждым мгновением... Как мне это младшую тезку напоминает-то.

— Не надо плакать, маленькая, — ласково прошу я ее. — Ты ребенок, а дети для нас превыше всего. Совершенно неважно, была ли ты рождена или нет, у тебя будет возможность бегать, прыгать и залезать к родителям на ручки, я обещаю тебе это.

Вот на этой ноте можно погружать разум малышки в подготовительную стадию, что для нее будет чем-то вроде сна. Виталий и Марина, имена которых мне, конечно же, уже известны, очень удивлены, смотрят на меня с надеждой. Кажется, все еще интереснее, потому что знать им о том, что я хорошая, неоткуда. Надо будет на дары проверить.

— А теперь мы вами займемся, — перехожу я к старшим представителям этой семьи, доставая полевой диагност. Это коробка небольшая с пластиной экрана сверху.

— Скажите, а это правда? — тихо спрашивает меня Марина, в глазах которой просто бесконечная надежда. — Надюша будет... живой?

— Будет, — киваю я ей, активируя прибор. — Мы не обманываем детей.

Она бросается обниматься со своим Виталием, а я смотрю в экран диагноста. Девочку мучили, причем некоторые внутренние повреждения остались. При этом она относится к той же расе, что и малышки, а вот юноша... С ним что-то не очень простое, на мой взгляд. И вот тут приходит Машка, отвлекая моих пациентов, что позволяет включить дистанционные аппараты.

Глядя на вырисовывающееся на экране, я понимаю: их нужно в капсулы. Не потому что мнемографирование нужно, но еще... Юноша Виталий, возраст тела семнадцать лет, и девушка Марина в том же возрасте, при этом у обоих, судя по состоянию организма, жизнь была не самой простой, да еще и гибернация, ничего хорошего организму не несущая, отметилась.

— Маша, их в капсулу надо, — говорю, стоит их разговору прерваться. — Очень надо.

— Надо — значит, надо, — улыбается сестренка.

— Тай, Дана, ну-ка утопывайте, не смущайте предков.

— Звучит-то как... — вздыхает Виталий, берясь за застежку комбинезона.

Я объясняю, что нужно просто лечь в капсулу, при этом включится режим диагностики, и они просто поспят, а я отойду, чтобы их не смущать. Отойти-то мне нужно по другой причине, и Машка понимает, по какой. Пока наши гости обнимаются, я выхожу за пределы бокса, где уже и сестренка обнаруживается, будто телепортировавшись.

— Что, Таня? — с тревогой смотрит она на меня.

— В госпитале скажут точнее, — сразу же информирую я ее. — Но Виталию и Марине по семнадцать.

— Твою же... — сестренка реагирует очень экспрессивно, выругавшись на традиционном флотском наречии, на что право, конечно же, имеет. — И?

— Мучили их, но как-то странно, — объясняю я то, что удалось установить. — При этом я тебе скажу, что таких средств передвижения, как у младших девочек, во Вторую эпоху точно не было, а ответ маркера иммунизации говорит больше за третью.

— Значит, загадки множатся, — вздыхает она. — Хорошо, ждем до госпиталя.

Тут у нас выхода нет, потому как инструкции

писаны кровью, и хорошо бы, чтобы не нашей, а потому все пришедшие из дальних веков у нас поспят. Тем более что они у нас все творцы. Малышек я не диагностировала, но сдается мне, что и там просто не будет.

Минсяо. Вопросы и ответы

Мария

Прибываем мы по экстренному, потому стыкуемся моментально. Другие корабли моментально подаются в стороны, давая нам возможность притереться эвакуационным шлюзом к приемному госпиталя, и буквально сразу же капсулы с «Марса» отправляются в госпиталь. В чем-то пневмопочту напоминает, потому как дорога каждая секунда — ни Таня, ни Вэйгу ошибаться просто не умеют.

Я же двигаюсь туда же, потому что мнемограф нужен для старших, при этом наши все протоколы у госпиталя есть, но мне нужно объяснить докторам, с чем мы возможно имеем дело. Я и сама еще не слишком понимаю, а сюрпризы у нас уже выбиваются за пределы рассказа Виталия, причем те, о которых он точно знать не мог. Одновременно инженеры разбираются с «Якутией», потому что такой корабль в Исходе участие принимал, исчезнув совершенно необъяснимо — нет о нем ничего. Ну и в списках экипажа Винокуров не значится.

Но это еще не все. Транспортные тележки в виде белых овоидов были изобретены в Третью эпоху и на кораблях не применялись. Маркер иммунизации соответствует типу вакцины, использовавшейся тоже в Третью эпоху. При этом Алексей мне подтвердил, что иммунизатор на «Якутии» — черный ящик, вскрыть который очень непросто, но так не делалось вообще никогда. То есть у нас несовпадения... Оружие. Лазеры использовались в Первую эпоху, доказав свою неэффективность, и во Вторую на корабли не устанавливались. Состояние звездолета подтверждает факт того, что шли они из далеких времен, а вот тела... Ну и Виталию семнадцать, а не двадцать, как должно было быть. У Марины разброс тоже есть, но намного меньше. Вот это я и выкладываю докторам, объясняя, с чем мы имеем дело.

— В Третью эпоху не использовалась уже гибернация, — добавляет увязавшаяся со мной Танька. — Так что у нас сплошная загадка. А у вас?

— А у нас... — взглянув в свой наладонник, главный врач госпиталя Флота хмыкает. — Малышам от месяца до пяти, четверым растят конечности, в остальном вполне здоровые дети родственной Человечеству расы, которую мы не знаем.

— То есть вполне могла оказаться уничтоженной, — киваю я, думая о том, что в этом рассказ совпадает, хоть здесь Виталия и Марину не обманули. — А девушка той же расы?

— Почти, — отвечает он. — Есть небольшие изменения, что позволяет говорить о том, что она дитя разумного этой расы и человека.

— Что имеющейся у нее информации не соответствует, — вздыхает Танечка моя. — А дети?

— Таня пяти лет от роду, Ирина восьми лет, — главный врач заглядывает в наладонник, вздыхая. — Совершенно точно родились и первые три года жизни росли при силе тяжести меньшей, чем на Прародине. Сначала мы их вылечим, только затем мнемограф.

— А по повреждениям? — интересуется Таня, видимо, не сумев обследовать, — мы прилетели быстро.

— Тяжелые повреждения нервной системы, позвоночника, мозга, сердца... Чудо, что выжили, — слышим мы в ответ.

Путешествие

Сюрпризы множатся, при этом совершенно непонятно, кому произошедшее могло быть нужно. Ощущение у меня такое, будто детей разных рас, с разных планет собрали для того, чтобы... Чтобы что? Проверить Винокурова? Чушь какая... Думаю, до мнемографирования старших мы никаких результатов не получим. Даже идей нет, а старших тоже подлечить надо. Опять у нас сюрпризы, причем там, где их быть не должно, по идее.

Инженеры время в пути подтверждают, что меня успокаивает — звездолет действительно побывал на Прародине в доисторическое время, то есть в Древности, но вот все остальное выглядит чрезвычайно необычным, поэтому необходимо вмешательство Щита. У них и возможностей больше и ресурсов тоже. Решив так, я трогаю иконку вызова товарища Феоктистова.

— Игорь Валерьевич, у нас, похоже, информация по вашему профилю, — поздоровавшись, сообщаю ему. — Передаю протокол и мои заключения.

— Вот так даже? — удивляется щитоносец первого ранга, фактический глава защищающей Разумных службы. — Ну давай поглядим, с чем к нам группа Контакта пришла.

Он, конечно же, понимает, что не все так просто, да и не игра это совсем, поэтому сейчас довольно пассивно ведущее себя подразделение активируется, что очень хорошо, потому что каждый должен заниматься своим делом. Теперь нам нужно будет обращаться к Человечеству, потому что шестнадцать малышей.

— Это как так? — удивляется Таня, получив какое-то сообщение на коммуникатор. Она выглядит настолько удивленной, что даже мне становится интересно.

— Что там? — интересуюсь я.

— Маркер есть, а иммунизации нет, — отвечает она мне, выглядя при этом совершенно шокированной. — Как такое возможно?

— Да, мы так не умеем, — соглашается с ней главврач, задумываясь.

Я же вызываю группу, прося связать меня с нашими друзьями, конкретно с Архом — возможно, он знает, кому под силу обеспечить подобный сюрприз. Все странности вместе не объясняются вообще никак, а уж отсутствие иммунизации при наличии маркера... Кстати, а как определили?

— Тань, а определили как? — интересуюсь я.

— Вирус активный у малышей обнаружен, — вздыхает она. — Отлично погашенный иммунизацией.

Да, ларчик просто открывался... А поверили бы мы в наличие прививки, кто знает, чем бы все закончилось. Тут и до паники недалеко, ибо заболевший ребенок вызвал бы недоверие к универсальной вакцине, а последствия предсказать совершенно невозможно, поэтому нам опять повезло, выходит. Но сестренка моя любимая права: мы так действительно не умеем, что значит — в процесс вмешались какие-то непредставимые силы или цивилизации. Но какой мотив у этого?

— Пошли, Маша, — зовет она меня за собой. — Мнемограф на старших навели, сейчас сюрпризы будут.

— Дети они совсем, — вздыхаю я. — Родителей бы им, но вот кого они примут?

— Надо папу спросить, — предлагает она простой выход.

Действительно, папа у нас Наставник, много чего знает и помнит, да и умеет… С одной стороны, любая из Настиных девочек поймет этих детей, благо они из близких эпох, но вот с другой… А мама и папа этим подросткам, ставшим взрослыми по необходимости, тем не менее очень сильно нужны. Значит, надо срочно связаться с папой, но перед этим посмотреть данные мнемографирования. Стоп, а квазиживая? Я резко останавливаюсь, но Таня явно понимает, о чем я подумала.

— Надя уже сформирована, — объясняет она, улыбнувшись и утаскивая меня за собой за руку к подъемнику. — Разум прижился нормально, часа через три будет как новенькая.

Я облегченно вздыхаю — ни о чем не забыли доктора, и это очень важно. Значит, малышка сможет обнять своих родителей. На мой взгляд, это очень даже хорошая новость.

Феоктистов

Совсем недавно мы разобрались с остатками цивилизации котят, отлично влившихся в наши семьи, как опять сюрпризы. Причем на этот раз они уже не настолько простые, ибо протокол «Марса» говорит о совсем неправильных вещах, потенциально опасных, кстати, несмотря на все прошедшее время.

— «Альфу» к вылету, — командую я, понимая, что сначала надо смотреть на звездолет. — Полную группу туда.

— Есть, понял, — слышу я в ответ традиционный ответ.

Несмотря на то, что мы особое подразделение, но все равно относимся ко Флоту, а Флот стоит на традициях и инструкциях. Очень много традиций, древних, как тот звездолет, к которому мы сейчас и полетим. С этими мыслями я встаю, но тут приходит информация по древнему Винокурову — парень считал, что его фамилия Крупицын, только на корабле при регистрации детей выяснив, что он указан как Винокуров.

Пока иду по коридорам Главной Базы, изучаю первые данные мнемографирования. Парень — точно Винокуров, это установлено данными генетической экспертизы, но вот факт того, что фамилия у него была другая, наводит на мысли. На «Якутии» в трюме тела членов экипажа, а вызов эвакуатора я отменяю, потому что нам сначала на корабле поработать нужно, а потом уже разбираться с тем, куда утащить судно.

Проходя по галерее, поднимаюсь на борт, кивнув дежурному, при этом читаю поступающую информацию — очень она необычная. Память парня его рассказу, кстати, соответствует полностью, и ничего другого в ней нет, но доктора отмечают отрывочность и статичность детских воспоминаний, что говорит либо о травме, либо об искусственности, при этом характерных маркеров тех методов, которыми грешили Отверженные, не обнаружено.

— Добрый день, Виталий Ефимович, — привычно здороваюсь я с командиром звездолета, входя в рубку и устремляясь к своему месту.

— Добрый день, Игорь Валерьевич, — улыбается он мне в ответ, добавляя: — Опять вместе?

— Да, но на этот раз все может быть веселее,

так что стартуйте, — вздыхаю я. — «Альфа», мне пока параметры «Якутии» из архива на экран.

Что у нас тут... Крейсер «Якутия», экипаж двадцать восемь человек, занимался охранением во время Исхода. Подал сигнал о Враге и исчез — все, больше ничего не известно. Экипаж... Стажер на себя похож, кстати, одно лицо. Значит, это и был Винокуров, а что о нем известно? Сирота? Это как?

Я залезаю в архив, благо у нас есть независимый от центральной базы, как инструкция и рекомендует. Итак, Виталий Крупицын, получил эту фамилию в детском доме, обнаружен патрульными какого-то «внешнего периметра» в возрасте пяти лет. Родителей не имел, усыновлен не был, стажер флотский... И все. Но по протоколу «Марса» он помнит своего отца. Даю приоритетный запрос в госпиталь, как только прибудем — передадут.

Отметили несоответствие известной нам истории. Теперь, что по вооружению «Якутии»... Вполне логичное вооружение для тех времен — кинетические пушки, плазма, и все. А по протоколу «Марса»... Лазеры, которые совершенно в Пространстве бесполезны, кроме особых случаев. Значит, точно надо смотреть на месте, потому что не сходится.

В этот самый момент мы выходим на Форпост, где висит искомый звездолет, а напротив него и «Варяг» устроился, это эвакуатор. Капитан, что характерно, тоже Винокуров. Сплошные Винокуровы вокруг, когда что-то случается. И хотя мы уже знаем, почему происходит именно так, а не иначе, но каждый раз поражаюсь, конечно.

— «Альфа», — озвучиваю я пришедшую в голову мысль, — идентификация звездолета по архивам, сигнал маяка игнорируй.

— Считаете, маяк врет, Игорь Валерьевич? — интересуется у меня командир «Альфы».

— Есть такое ощущение, Виталий Ефимыч, — вздыхаю я, а «Альфа» в это время производит еще и обмен с госпиталем, я попросил прислать мне изображение отца Виталия. Из его памяти изображение.

— Корвет «Арктика». Постройка начала Третьей эпохи, — оживает разум корабля. — По обводам и вооружению — плазма и лазеры, соответствует описанию. Считается пропавшим без вести.

— Лазеры... Необычно, — замечает командир «Альфы».

— Предполагалось копирование технологии Врага, — коротко комментирует «Альфа». — Экипаж пять человек.

— Еще интереснее, — вздыхаю я, командуя квазиживым исследовательской группы перейти на борт корвета. — Такое ощущение, что ребенок перемешал потоки времени, пытаясь что-то сделать... Никак же не объясняется!

Если считать, что Винокуров из Третьей эпохи, тогда объективные данные сходятся, вот только не бывает такого, чтобы данные частично сходились, а частично нет, но вот только стоит нарисовать хоть какую-то стройную картину, как она начинает просто разваливаться... Хорошо, а если картина не одна?

И в этот самый момент приходит ответ от госпиталя. На центральном экране появляется всем нам хорошо знакомое изображение. Этот человек, по легенде, взял на себя ответственность за все Человечество, добровольно пойдя на Испытание. На большом корабельном экране с улыбкой смотрит прямо на меня, разрушая вообще все построения, легендарный Николай Винокуров.

— Ты это тоже видишь? — неожиданно перейдя на «ты», спрашиваю я командира «Альфы».

— Не смешно... — констатирует он. — И что делать будем?

— Просить Машу связаться с нашими друзьями, — вздыхаю я, потому что иначе, как волей Творцов или кого-то похожего, текущая ситуация не объясняется.

Объяснений у меня нет, возможно, они появятся, но сейчас у меня нет вообще никаких мыслей на этот счет. С подобным мы еще ни разу не встречались, ибо выглядит все до невозможности перемешанным. Даже параллельным пространством, кажется, не объясняется, при этом отец Виталия жил очень уж давно, задолго до Второй эпохи покинув этот мир. Совершенным бредом выглядит полученная нами информация. Кажется, сейчас зазвонит будильник и я проснусь...

Но будильник не спешит, а вот следователи работают, уже сообщив, что сюрпризы имеются. Я бы удивился, не будь сюрпризов на корабле, оказавшимся совсем не тем, которым представлялся... Ну, парню, у которого только теоретическая подготовка, судя по рассказу, знать нюансы работы маяков кораблей неоткуда. Вот и «Марс» не разобрался, хотя в их функции идентификация кораблей не входит. Это наша задача...

— Товарищ Феоктистов, тела в трюме — туфта, — коротко сообщает мне старший группы.

— Что значит «туфта»? — удивляюсь я, хотя это древнее слово знаю.

— Это куклы, живыми они не были никогда, — объясняет мне квазиживой. — Да и с двигателями не все так просто, они опечатаны и заблокированы, а так не делалось никогда.

Тут он прав, так действительно никогда не делалось, если только ремонтировать их все равно было некому, и об этом знали. Интересно, а двигатели там вообще есть? Вот будет весело, если нет!

— Вскрыть двигатели, если это возможно, — командую я следователям. — Стоп!

— Логично, — соглашается со мной понявший меня с полуслова щитоносец. — Вскрывать роботами будем.

— Только блоки памяти тоже возьмите, — напоминаю я.

— Они тоже туфта, — вздыхает квазиживой. — Полнейшая просто, и на нас явно не рассчитанная.

Вот эта новость уже интересная. Или неведомые существа, собравшие в кучу все известные нам факты, нас не уважают, или просто никто не подумал, что мы будем копать настолько тщательно. Очень по степени логичности и предусмотрительности на игру ребенка походит. Просто очень... Что же это на самом деле такое? Должно же быть объяснение!

Минсяо. Новая жизнь

Виталий

Я МЕДЛЕННО ОТКРЫВАЮ ГЛАЗА И ВИЖУ... ПАПУ. Приглядевшись, понимаю — улыбающийся мне мужчина просто очень похож, но что-то внутри меня тянется к нему. Я будто чувствую родного человека, становясь в этот момент, наверное, ребенком. Кто это? Почему я чувствую его таким родным?

— Папа? — не в силах сдержаться, спрашиваю я.

— Папа, — соглашается он, улыбаясь мне так знакомо. — И мама есть, конечно.

— Мама? — я не помню маму, но ему почему-то верю с ходу. Ну, в то, что мама есть.

— Вставай, сынок, — вздыхает он. — Пора зазнобу твою будить, да дети проснутся скоро.

Я встаю, потянувшись сразу же за комбинезоном, выглядящим неуловимо иначе, но мне это неважно, потому что чувствую я себя так, как будто все еще во сне нахожусь. Звезды, папа... Мне кажется, он совсем чуть изменился, но от этого менее родным точно не стал. Папа...

— Как мне тебя не хватало, папа... — не выдержав, говорю ему, что чувствую, а в ответ меня обнимают крепкие, такие знакомые уверенные руки. И я снова себя ощущаю просто мальчишкой, отчего в руки себя брать труднее.

— Здравствуй, сыночек, — слышу я полный ласки голос и, повернувшись, сразу же понимаю: это мама. Пусть я не видел ее никогда, не знал, но всеми фибрами своей души сейчас я чувствую — это мама, потянувшись к ней, кажется, всем телом.

— Да, Витя, ты был прав, — этот голос я знаю: это тетя Маша, но сейчас я наслаждаюсь объятиями мамы.

— Марина просыпается, — слышу я, сразу же разворачиваясь в сторону непривычно выглядящей капсулы. Я просто чувствую, где лежит моя любимая, поэтому делаю к ней шаг.

— Действительно, импринтинг, — произносит мама с некоторым удивлением в голосе, но вот что именно она сказала, я пока не понимаю, мне Маринку очень обнять надо.

Я не понимаю, откуда здесь взялись такие родные люди, но решаю, что мне скажут, если нужно будет. Надеюсь только на то, что я не сплю, потому что иначе это будет просто жестоко. Крышка капсулы будто пропадает, и сразу же отрез белой ткани укрывает мое чудо. Я беру на руки раскрывшую свои совершенно колдовские глаза Маринку, прижимая ее к себе, и кажется мне, что нет ничего чудеснее на свете.

— Здравствуй, родная, — целую я ее прямо в кончик носа, относя в сторону дивана, чтобы помочь с одеждой.

— Так легко себя чувствую, — признается она. — Как еще не бывало...

— Здравствуй, доченька, — говорит ей мама, и тут Маринка моя плачет.

Я вижу — она верит сразу, с ходу, но плачет сейчас просто навзрыд от маминых интонаций. Я бы тоже поплакал, но нельзя, я взрослый уже, хоть и чувствую себя, словно стал маленьким. Странное ощущение, но при этом ничего не хочется делать, и думать ни о чем не желается, как будто действительно дома оказался, но ведь такого не может быть! Или... может?

— Если доченька доплакала, пора внучек наших встречать, — негромко произносит папа. — Они того и гляди проснутся.

Тут мы вспоминаем о детях, сразу же становясь взрослыми, ну... почти. Папа показывает мне рукой за спину, я поворачиваюсь и вижу три капсулы. Три! Значит, Наденька... Веря и не веря в то, что увижу, делаю шаг к капсуле... И вот они, все три мои очень родные девочки, мал мала меньше. Очень хорошо заметно, что Ирочка — самая старшая, Танюша — поменьше, а Наденька совсем малышкой выглядит, хотя между ней и Таней разница небольшая по возрасту должна быть. Но тут с тихим шипением уходят в пол крышки капсул, и раскрываются детские глаза. Три маленьких чуда смотрят на нас, не говоря ни слова.

— Доброе утро, милые мои, — говорю я им, — пора вставать.

Они одновременно садятся, а потом кидают взгляд друг на друга, благо капсулы совсем рядом, и начинают визжать. Я от неожиданности даже вздрагиваю, сразу же потянувшись проверить, что не так, но затем понимаю: мои доченьки от радости визжат. Ириша сквозь хлынувшие слезы пытается объяснить, что она чувствует ноги, а Танюша и Надюша обнимаются и визжат.

— Сейчас мы оденемся, — говорит им Маринка.
— А потом и ходить учиться будем, потому что вы уже можете.

Она совершенно уверена в своих словах, как

будто поверив в чудо, дарованное маминым «доченька». Новообретенные родители подходить не спешат, ждут, наверное, пока мы наших малышек оденем. Я нахожу лежащие рядком оранжевые комбинезоны, улыбнувшись цвету, мотив которого мне вполне понятен, и вынимаю Иришку из капсулы, укладывая на обнаружившийся здесь же стол, чтобы одеть мою хорошую, а Маринка смотрит на младших. Думает, наверное, как обеих сразу утащить.

Закончив с Иришкой, вместе с любимой вынимаю младших, чтобы также одеть их, хотя это непросто — Надюша себя ощупывает, а Танюша — ноги свои чуть ли не к носу подтягивает. Несколько минут, и доченьки наши одеты, наступает время знакомиться со старшими. На мгновение проскакивает мысль о том, что дети могут испугаться, но в голове она не задерживается.

— А вот у нас дедушка и бабушка, — представляю я тех, к кому тянется моя душа. — Они очень хорошие и вас любят.

— Любят? — хором удивляются дети.

— Ну как же не любить таких хороших девочек? — папа тянется погладить, и малышки ничуть против этого не возражают, глядя на него с удивлением.

Они совсем не пугаются, а мне хочется, просто

очень, поставить их на ноги. Поэтому первой оказывается Иришка. Внезапно для себя оказавшись стоящей на полу, она замирает, двумя руками цепляясь за меня, а потом плачет. Я понимаю, отчего она плачет, но наступает черед и Танюши с Наденькой. Стоят они неуверенно, вызывая тревогу, но тут мама мне все объясняет, успокаивая, кажется, нас всех.

— Младшие внученьки, — звезды, сколько тепла и ласки в ее голосе, — не ходили еще совсем. Поэтому мы будем учиться ходить, согласны?

— Но я же... — Таня морщит лоб, явно пытаясь что-то вспомнить, но потом просто кивает.

— Протокол говорит, — мама кивает на небольшой экран, — о том, что Танечка не имеет этого навыка, а Надюша у нас только появилась, ей многому нужно будет обучиться, а пока на папе с мамой поездит.

— А я? — с надеждой спрашивает Таня.

— И ты, — улыбаюсь я ей, а затем беру обеих на руки, распределив по бокам.

Когда-то давно я видел, что так носить детей позволительно, хоть и тяжело. Но своя ноша не тянет, поэтому я интересуюсь вопросом, где тут поесть можно. И мы голодные с Маринкой, а дети-то точно. Вот им терпеть голод совсем не нужно, поэтому стоит сначала покормить, а потом уже разговоры разговаривать.

Мария

Правильно я решила поговорить с папой для начала, ибо всего через два часа после разговора примчались и Витя с Настей. Папа прав, на самом деле, Насте ближе по духу дети Второй эпохи, а Виталий, как и брат, побывал в бою. Им проще будет понять друг друга. Есть еще одна деталь — Витя очень похож на того папу, который сохранился в памяти юноши, просто одно лицо.

С этим, кстати, нам тоже предстоит разбираться, потому что в памяти Виталика именно легендарный Николай Винокуров, что совершенно запутывает всю известную нам историю. Именно поэтому, пока юные Винокуровы получают традиционный завтрак, мне нужно поговорить с Архом. Тут еще техническая служба «Щита» утверждает, что искусственный интеллект «Арктики», которой оказалась «Якутия», разум обрести не мог. Не те схемы, не те решающие элементы, то есть, говоря словами главы инженеров Алексея: «Ящик с болтами думать не научится». В общем, у нас загадка на загадке.

Пройдя в зал совещаний, из которого мы

говорим с новыми друзьями и в котором принимаем гостей, я на мгновение останавливаюсь, думая о том, как начать разговор. Лерка выжидательно смотрит на меня — команды ждет, а я вспоминаю подобравшую меня когда-то энергетическую цивилизацию. Надо бы и с ними поговорить, хотя они, кажется, такого не умели.

— Запроси Арха на связь, — прошу я сестренку, подумав еще об одном нашем друге, но в этот раз, я чувствую, надо с глазу на глаз общаться.

— Запрос пошел, — кивает она мне, в задумчивости рассматривая свой наладонник. — Сказки какие-то, — вздыхает Лерочка.

Она права — мешанина событий напоминает именно сказку, поэтому мы обращаемся к нашим друзьям, а потом будет и трансляция, потому что малышкам нужны родители. При этом, по мнению врачей, стоит распределить их по разным семьям, ибо кто знает, какие полезут демоны из подсознания. Мнемографировать таких малышек просто нельзя. А вот сокрытое в памяти что младших детей, что тех, кто постарше, совершенно необъяснимо, поэтому мы обращаемся сейчас к мудрым друзьям — возможно, у них есть ответ.

— Здравствуй, Маша, — звучит с экрана, на котором появляется похожее на осьминога существо, кроме подвижных щупалец имеющее и руки, правда мало от щупалец отличающиеся, и даже ноги. В трех его чуть желтоватых глазах светится мудрость. Это Арх, я сразу узнаю его — главный наставник тех, кто обладает даром творца. — Чем мы можем помочь тебе? — щупальца приходят в движение, изображая жест приветствия и готовности к общению.

— Здравствуй, друг, — здороваюсь я, изогнув руки в жесте просьбы о помощи. — У нас очень странная проблема. Посмотри, пожалуйста, информацию, которая у нас имеется.

Я передаю весь массив данных, который мы набрали за это время. Сейчас Арх увидит истории детей. Итак, звездолет, представляющийся исчезнувшей во Вторую эпоху во время Исхода «Якутией», внезапно оказывается вспомогательным кораблем класса корвет, но из Третьей эпохи. На нем просыпается Виталий Винокуров, в памяти которого сохранен отец, копирующий нашего легендарного предка. Три года он учится в пустом звездолете по причине гибели всех членов экипажа, которые оказываются куклами, при этом возраст его в результате не меняется. После чего он попадает со звездолетом в прошлое — на две эпохи назад, гуляет по древней Прародине, вызывающей очень сложные чувства, — однако тут мы не можем достоверность проверить — встречает двоих детей, которых хотели убить. Память младших при этом содержит разрозненные образы, но некоторые детали указывают на несоответствие эпох. Встречает он и агрессивно отреагировавшую на него Марину, оказывающуюся затем тоже не совсем Мариной. На Прародине при этом что-то запускают.

Дальше... Дальше у нас найденные малыши и вычислитель звездолета, по технологии соответствующий Первой эпохе, потому не могущий обрести разум. Но тем не менее обретающий, да еще и полноценный квазиживой, что еще более странно. Вот такие сказки, если оставить подробности и мелкие детали. Выглядит, честно говоря, как опасность для Разумных, потому что вот именно такие события крайне маловероятны. Арх это, судя по жестикуляции, понимает, но вот с чем именно мы имеем дело?

— Действительно, очень необычно, — сообщает мне Арх, развернув щупальца в жесте догадки. — Но ответ именно в том, что собирались сделать на вашей домашней планете. Смотри.

Эта запись из блоков памяти звездолета предка, она показывает именно то, во что стрелял он, чтобы предотвратить некие события, сути которых не понимал. Интересно, у него-то дар какой? Это я спросить запамятовала. Но вот Арх приближает объект, и в застывшей картинке я узнаю уже один раз виденное мной. Объект выглядит грубой детской поделкой, однако распознать уже можно.

— Юный творец ударил по зародышу Врат, — объясняет мне наставник творцов. — Подсознательно ощутив его опасность. Именно это и явилось основой Испытания, сквозь которое он прошел, потому что, будучи рожденным на этой планете, он сделал свой выбор, подарив время. Как мы знаем, это ничего не решило, кроме времени...

Он прав: если бы у землян получилось активировать Врата на две эпохи раньше, Человечества не было бы. Ничего бы не было уже ко времени Второй эпохи, ибо тогда у Врага все получилось бы. Арх выстраивает знакомые мне факты в другую последовательность — потомок Винокурова, решающий за всех, подобранный в Испытании корабль, ну и гуляние по Праматери. Но как же остальные факты?

— А все остальное? — не понимаю я, потому что рассказанное выглядит логично, но вот детали...

— Маша, «Щит» передает: «Арктика» двигателей не имеет, — сообщает мне Лерка очень удивленным голосом. Как папа говорит: удивление третьей степени.

— А все остальное, Маша, это результат вмешательства ребенка, — изображает щупальцами улыбку Арх. — Правда, и тот факт, что все они смогли прийти к вам, — тоже результат вмешательства ребенка. Сначала дитя играло, а затем, видимо, очень захотело быть любимым. Смотри.

И экран демонстрирует мне именно подтверждение слов Арха. Он показывает мне, как перемешивались слои времени и пространства, объясняя это тем, что изначально все «предки» — дети совсем другого мира, другой линии реальности, созданной неумелым, потому что очень юным, творцом. Для меня до сих пор факт того, что можно именно создать целый мир, кажется чем-то нереальным, но не доверять Арху я не могу.

Выходит, что творец-то и есть девочка Наденька, испытавшая Человечество на разумность и готовность сделать все что угодно для детей. Теперь мне очень любопытно, какая раса ее родила, ведь мы с ними точно не встречались. По крайней мере, мне так кажется.

Минсяо. Дорога домой

Виктор

Разумеется, папу я понял с полуслова. Он совершенно прав, ибо Виталик себя воином показал, именно, в первую очередь воином. А воин всегда лучше поймет именно воина, поэтому мы с Настенькой моей сорвались в тот же миг. История обретенных детей странная, на самом деле, даже очень, но тут Машка, сестренка, работает, да и «Щит» тоже, так что разберутся. У нас же, судя по переданному мне протоколу, двое детей и три внучки. Вот с остальными детьми не все просто, они в блоках ревитализации до сих пор, но, думаю, справятся.

И вот сейчас, глядя в глаза сыну, потянувшемуся

к нам изо всех сил, я понимаю: он мальчишка совсем, но уже совершенно точно воин. Возраст тела семнадцать лет, но регистрацию подтверждать надо, потому что они, во-первых, запечатлелись, а, во-вторых, дети их родителями воспринимают. То есть Виталий с Мариной и дети, и нет. Им нужно тепло, родные руки, поддержка, но при этом они показали свое совершеннолетие, приняв детей и спасая их.

— А сейчас у нас традиционная каша, — объявляю я семье. — Она у нас шоколадная, и по той же традиции очень маленьких внучек кормят с ложечки. А вот кто кормит, они выберут сами.

— С ложечки? — сильно удивляется старшая, которую зовут так же, как нашу маму. — А можно, чтобы папа?

— Нужно, маленькая, — улыбаюсь я ей. — Сейчас папа покормит, а потом мы сначала посмотрим один очень важный фильм, ну а потом поговорим.

— А... — Марина робеет, опасаясь спросить.

— Да, — киваю я, понимая, что затягивать нельзя. — Кстати, а дни рождения у вас когда?

И вот этот вопрос ставит в тупик всех пятерых. Они силятся вспомнить, но отчего-то не могут, а я даю им это время, рассаживая в столовой, из которой пока удалены все люди и квазиживые.

Просто на всякий случай, чтобы дать почувствовать общность и не пугать. Очень любят дети, жившие вне Человечества, пугаться, поэтому на этот счет уже, спасибо папе, и инструкция существует.

Сегодня у нас сорок третье кратерия, скоро и память наступит, тоже тот еще вопрос будет, но время есть — подготовимся. С датами разум госпиталя подсчитает сам в отношении прожитых лет, ибо у него все данные и так есть, а мне нужно подтвердить регистрацию, для чего даты рождения необходимы. Несмотря на то, что протяженность года от Праматери отличается — и сильно, но прожитые сроки мы, конечно, отмечаем, а из-за того, что реже, и праздник большой, конечно.

— Вот у нас каша, — всё уже, конечно, приготовлено, традиция есть традиция. — Поедите, а там и подумаете. Если не помните, то можно и придумать прямо сейчас.

Как они на меня смотрят, просто как на чудо. Дети у нас превыше всего, их интересы, их радости, развитие и здоровье, поэтому они, конечно, привыкнут. Ну а сейчас мы все едим традиционную шоколадную кашу, которую младшие наши пробуют явно впервые в жизни, несмотря на простоту и древность рецепта. Ну у Винокуровых, как молва говорит, просто не бывает.

Виталий кормит своих девочек, очень знакомо смотрящих на него. Знаю я этот взгляд, потому выводы понятны: запечатлелись на папе все три, ну да это и хорошо, на самом деле — им мир принять легче будет. Не очень умело кормит детей Виталий, но это неважно. Сейчас они поедят, а там и решат, какой день рождения у них когда. Любопытно, что и старшие совсем не помнят своих дней. И если в отношении Марины это объяснимо, то у Виталия совсем нет.

— А можно у нас в один день будет? — интересуется средненькая — Танечка. — Ну, чтобы все радовались и никому обидно не было.

— Можно, конечно, — киваю я, будто возвращаясь обратно в прошлое, где доченьки мои ясноглазые так же решили. — А потом через неделю у мамы и еще через неделю у папы?

— Нет, у нас тоже в один день, — решает сын, переглянувшись со своей фактически женой. Понятно все, шалят они так. Ну что же, и мы пошалим, отчего же нет?

— Очень хорошо, — киваю я, затем прикидываю по времени и обращаюсь к разуму госпиталя, благо все разумы-медики на кораблях приняли одно и то же имя. — Вэйгу, регистрация. Виталий Винокуров, семнадцать лет, женат. Марина Винокурова, семнадцать лет, замужем. Ирина Винокурова, восемь лет.

Татьяна Винокурова, пять лет. Надежда Винокурова, два года.

— Супруги Винокуровы, Марина и Виталий, их дети Ирина, Татьяна, Надежда зарегистрированы, просьба уточнить дату рождения, — сообщает мне разум госпиталя, а семья в это время замирает, приоткрыв рот.

— Ирина, Татьяна, Надежда рождены сорок четвертого кратерия, Марина и Виталий, в свою очередь, пятьдесят первого, — решаю я, повторяя историю своих малышек.

— Зарегистрировано и синхронизировано, — отвечает мне Вэйгу.

— Погоди... папа, — чуть запнувшись, произносит Виталий. — Как так — семнадцать?

— По развитию тела тебе семнадцать, как и жене твоей, — объясняю я. — Это налагает ограничения, о которых я вам расскажу чуть позже, но на ваше совершеннолетие не влияет никак.

Строго говоря, обоим через неделю восемнадцать, а к половой жизни они совершенно точно еще недели две не готовы по медицинским показаниям, поэтому можно не беспокоиться. Но рассказать о разнице будет необходимо. Впрочем, учитывая дочкину историю, спешить они точно не будут.

Интересно то, что они даты никак не восприняли, видимо, просто ошарашены свалившейся на них информацией. Тем временем внучки наши доели уже и готовы к свершениям. При том уровне их доверия к родителям демоны вряд ли полезут, но учитывать стоит. Нас приняли все пятеро, поэтому мы сейчас будем обнимать, гладить, рассказывать, какое чудо и сын с дочей, и внучки наши, а они посмотрят фильм для малышей. Сначала, наверное, именно для малышей, а потом уже «знакомство», предназначенное для встречи с возможными друзьями.

Этот фильм группа Контакта сотворила для поиска взаимопонимания, когда Критерий Разумности уже подтверждён, поэтому запустить именно его будет правильно, ведь для новых членов семьи изменилось слишком многое. А сразу после мы отправимся домой... Или лучше сначала домой, а в пути и посмотреть?

— Да, муж, — улыбается мне Настенька, — пошли домой.

— Тогда пошли домой, — согласно киваю я, поднимаясь из-за стола. — А кто-то хочет к дедушке на ручки?

Вот сейчас и посмотрим, как у нас в действительности дела обстоят. Ну а дальше мы сразу же нырнем в субпространство, чтобы отправиться домой, на Гармонию. Думаю, это будет очень даже правильно, потому что детям всегда нужна стабильность, а у нас впереди еще и очень много разговоров.

Виталий

Все как-то очень динамично меняется, но при этом я себя чувствую действительно среди своих. После завтрака... или ужина?.. буду считать завтраком, раз мы только что проснулись. Так вот, после завтрака мы идем «домой». Папа негромко объясняет, что на самом деле мы переходим на его звездолет, чтобы действительно домой улететь, что мне понятно — люди живут на планетах.

Надюша неожиданно соглашается поехать на дедушке, при этом Иришка так жалобно смотрит, что мы с Маринкой решаем взять всех на руки, поэтому Танюша едет на маме, а старшая наша, хоть уже и крупновата — на папиной шее. Тоже папа подсказал, я и не знал, что так детей носить можно. Правда, в убежище их так носить было просто невозможно — потолки, двери... И вот идем мы по коридору, прямо, как папа говорит, к причальной палубе. И он, и мама успевают нас погладить, ну и малышек наших, конечно... Звезды, у меня мама есть! Мама... Непредставимо просто, и держаться сложно, потому что с ними я себя мальчишкой чувствую, как будто детство, которого не помню, вернулось.

— Сейчас фильмы смотреть будем, — сообщает нам мама. — А потом и разговаривать, потому что у вас много вопросов.

У нас действительно много вопросов, просто очень много, отчего я себя не в своей тарелке немного чувствую, ибо ответов нет. Но мама, выходит, обо всем подумала, потому надо просто подождать. Я смотрю на тех дочек, которых увидеть могу, старшая-то меня за малым не придушивает — боязно ей немного — и понимаю: они просто наслаждаются происходящим, чувствуя намного больше меня. Надо будет спросить родителей, что означает... ну вот то, что ощущают доченьки.

Коридор заканчивается необычными дверями, выглядящими как диафрагма в древнем фотоаппарате, я видел однажды. Лепестки расходятся, и мы вдруг попадаем в другой коридор — темно-зеленый, освещенный огоньками, и как будто сверкающая дорожка устремлена куда-то. Это сильно отличается от «Якутии», отчего мы все вертим головами, рассматривая необычный коридор, экраны на стенах, кажущиеся иллюминаторами, но только кажущиеся, что я замечаю сразу.

Пройдя по коридорам, набиваемся в подъемник, который выглядит полупрозрачной цилиндрической кабинкой. Ко мне наклоняется Иришка, желая что-то сказать, я придерживаю доченьку. История с нашим семнадцатилетием пока еще не воспринимается — слишком много других новостей. Ну и Наденька, ведущая себя так, как будто всегда была. Очень быстро она адаптировалась, но, по-моему, это необычно — ощущений много, и интерпретировать их ребенку должно быть непросто, а тут... Надо папу потом спросить.

— Папа, мне нужно... — тихо говорит мне доченька.

— Мама, а где тут у вас туалет? — интересуюсь я у мамы, потому что папа явно чем-то занят со своим браслетом.

— В каютах, — отвечает она, мягко улыбнувшись. — Но внучкам достаточно просто расслабиться, о туалете комбинезон заботится, все-таки он почти скафандр.

— Ой... — тихо отвечает Иришка, поднимаясь обратно.

Еще одна странность — на «Якутии» у нас комбинезоны точно такие же были, и дочки нормально в них ходили, или... Может быть, они просто не чувствовали, а теперь не знают, как правильно? Надо будет потом поговорить с ними, ну о том, что ничего страшного в этом нет, чтобы не боялись.

А пока мы оказываемся... под голубым небом, а под ногами внезапно обнаруживается трава сочного зеленого цвета, отчего я сразу же останавливаюсь, оглядываясь вокруг. Чуть поодаль замок под детский размер обнаруживается. Я медленно снимаю с шеи Иришку, совершенно не понимая, как это возможно.

— Здесь у нас детская комната отдыха, — произносит папа. — Вот там замок, по нему можно лазить. А здесь в фонтанчике соки разные... Но пока давайте-ка посмотрим фильм, а там и играть будете.

— Давайте... — тихо произносит потерянно оглядывающаяся Иришка. Затем она прыгает ко мне, явно собираясь залезть обратно, поэтому я ее на руки беру.

— Не бойся, моя хорошая, — прижимаю я к себе ребенка. — Все хорошо будет.

Пугает их всех неизвестность, ну и люди, совершенно точно не желающие зла, необычны для моих хороших. Папа предлагает садиться прямо на траву, куда я опускаюсь, а доченьки, отпущенные с рук, моментально ко мне сползаются, чтобы погладили. Ну и любимая моя тоже. Мгновение — и мы устраиваемся плотной кучкой, а затем прямо посреди этой зеленой поляны вдруг появляется изображение, причем оно трехмерное, совсем рядом, что внимание привлекает моментально.

— Здравствуйте, — буквально рядом с нами появляется женщина в свободном летнем платье. Она смотрит очень ласково, улыбаясь, как будто встретила кого-то очень близкого. — Сегодня мы познакомимся с детским садом. Вы, конечно, знаете, что для Человечества дети превыше всего, но еще не понимаете этого, поэтому будем учиться, да?

— Да! — кричит с десяток появившихся вокруг нас детей.

Я даже не понимаю, что это часть фильма, но видеть этих счастливых детей... Спустя мгновение доченьки плачут, при этом Танюша пытается мне объяснить, что, хотя дети не здесь, она их чувствует и они не врут. Надюша смотрит не отрываясь, она будто пробует улыбаться, как дети на экране, но самое главное начинается, когда приходят родители. И вот тут уже и я не замечаю своих слез. В точности как наши мама и папа, взрослые люди радуются детям, показывая, что они очень любимые, важные, самые-самые, и вот именно это дарит мне понимание: все сказанное не просто слова. Искреннее счастье детей и взрослых заставляет плакать, ведь мы такого никогда не знали...

— Настя, — слышу я папин голос, — а дары у детей какие?

— Творцы они, любимый, — совершенно непонятно отвечает она ему. — Все пятеро, как и малышки, ими спасенные.

Что это значит, я пока не знаю, но обязательно узнаю, а пока изо всех сил держу себя в руках, чтобы не расплакаться от ласки и тепла, что мы видим в «фильме для малышей». А затем будто крыльями тепла укрывают нас всех объятия родителей. У меня просто нет слов, чтобы рассказать о своих чувствах и эмоциях в этот самый момент.

Мы, конечно, успокаиваемся, а мама и папа как-то незаметно переводят успокоение всех нас в игру с младшими. И вот в игре, они, не делая за нас, а лишь мягко направляя, учат Надюшу и Танюшу ходить. Шаг за шагом родители показывают мне, каким на самом деле должен быть папа, и это просто волшебно. Ведь такого я никогда не знал, у нас все было иначе... А Маринка постоянно с мокрыми глазами, и я ее понимаю.

Пространство. Неожиданности

Виктор

Поиграв с детьми и убедившись, что они уже успокоились, я задумываюсь о необходимости отправляться. По инструкции я должен находиться в рубке, но кроме того мой дар внезапно активируется. Я, конечно, не самый сильный возвратник, но прислушиваться к дару, разумеется, умею. Еще и опыт сказывается, поэтому, уже поднявшись на ноги, останавливаюсь, встречая озабоченный Настин взгляд.

— Чувствую я, — объясняю ей, пытаясь оформить свои ощущения в слова, и тут до меня вдруг доходит. — Все в рубку должны идти.

Там, где работают дары, нарушение инструкции

допустимо, это и любимая моя знает, а потому нужно собрать семью, чтобы отвести их в рубку. Очень их фильм для малышей впечатлил, как и Настюшу с девочками в свое время, на самом деле, но теперь они нам хоть немного больше доверяют.

— Предлагаю экскурсию в рубку! — улыбаюсь я всем пятерым, что заставляет их опять удивляться.

— Папа, а разве это разрешается? — спрашивает меня сын.

— Не всегда, — отвечаю я ему. — Но в данном случае можно. Ну что, пойдем? На отличия посмотришь, а?

— И малышек можно? — продолжает интересоваться он.

— И малышек можно, — хихикает Настенька. — Ну что, идем?

Надюша, несмотря на то, что хочет к папе и сестренкам прикасаться, довольно спокойно идет ко мне на руки, а вот с остальными внучками уже не так легко — им нужен постоянный контакт с родителями, при этом наши врачи, насколько я извещен, корень проблем не нашли. Поэтому детский сад пока под большим вопросом, а школа будет виртуальной. В любом случае папа выход найдет, я в него верю. В него, пожалуй, всё Человечество верит — как в Наставника.

Мы небыстро идем в рубку, при этом ощущение

необычного меня не отпускает. Не опасность, а что-то очень необыкновенное, но, как реагировать, я пока не соображу. Завтра у малышек, кстати, день рождения, и, судя по тому, как они пытались вспомнить свой, опять чуть ли не первый. Нужно будет хорошенько подготовиться, но завтра мы уже дома будем, если ничего не случится. Надо будет посоветовать сыну и дочке подарки своими руками сделать, хоть бы и повторяя нас, потому что куклы девочкам нравятся.

Подъемник возносит нас на командный уровень, где рубка, собственно, и расположена. Вот будет сюрприз сыну, ведь совершенно отличное зрелище. Если на «Арктике» форма рубки была скорее треугольником, то у нас овал. Но у него это было обосновано носовым остеклением, а у нас экраны везде. Прошли те времена, когда люди делали дырки в корпусе боевых кораблей, теперь у нас везде экраны, а экскурсионные, конечно, совсем другая история.

— Добро пожаловать, — улыбаюсь я семье. Настюша садится на свое место, а я устраиваю старших и младших так, чтобы им было удобно.

— Как здесь необычно, — удивляется Марина. — Совершенно непохоже на «Якутию».

Надо будет детям попозже рассказать все выясненное нами, потому что скрывать не в наших правилах. А пока мне нужно заняться командованием корабля, ибо время бежит, при этом я почти физически чувствую, как оно бежит. Инструкции в таких случаях я помню и нарушать не собираюсь.

— Госпиталь, прошу разрешения отстыковаться, — чётко по инструкции начинаю я стартовую процедуру.

— Счастливого пути, «Сириус», — слышу в ответ отнюдь не традиционное пожелание, но, конечно же, благодарю.

— «Сириус», — обращаюсь к разуму звездолёта, — отойти от госпиталя, начать разгон, маршрут Минсяо — Гармония, движение субпространственное.

— Разгон начал, — отвечает мне он, вызывая ещё одну волну удивления у детей. — Добро пожаловать, Винокуровы.

— Ой, это нам? — переспрашивает старшая девочка, Ирочка. — Спасибо!

— «Сириус», три единицы на базу, — командую я, вздохнув. — Запрос готовности.

— Вот так даже... — отчётливо хмыкает «Сириус». — Ожидаются сюрпризы?

— Дар, — коротко отвечаю я, на чем разговор затихает, но разум корабля свои действия по-прежнему комментирует.

— Разгон завершён, — звучит в корабельной

трансляции. — Субпространственный переход, движение автоматическое.

И экраны становятся серыми.

Я облегченно вздыхаю, поворачиваясь к новой части моей семьи, чтобы объяснить им происходящее, ибо выглядят они немного комично — удивлены сильно. Никогда раньше не видели, как в субпространство входят, вот и удивились мои хорошие.

— Мы вошли в субпространство, — объясняю я детям, с доброй улыбкой глядя на них. — Здесь навигация автоматическая, нас ведет разум корабля, поэтому смотреть не на что.

— Как в субпространство? — удивляется сын. — Я же прыгал, там колодец такой с плазмой, и корабль удержать непросто.

— Ты в рубке видел? — понимающе киваю я. — В том, что было у тебя, еще разбираются специалисты, но это точно не субпространство. Давай подождем их ответа?

— Хорошо, папа, — кивает он.

Какие эмоции сынок вкладывает в это слово — кажется, тысячу эмоций и саму душу. Эх, сынок... Все плохое уже точно закончилось, вы дома. Часа через два выйдем у Гармонии и домой полетим.

— А мы сейчас обратно идем? — интересуется Иришка.

— Нет, мы посидим немного тут, да и поговорить нам надо, согласны? — интересуюсь я мнением детей, сейчас задумавшихся.

С одной стороны, они подустали уже, поэтому стоит покормить да спать уложить, но тогда мы на «Сириусе» задержимся. С другой — разговор уже назрел, и хоть на часть вопросов надо дать ответ, поэтому, когда малышки неуверенно кивают, посмотрев на своих родителей, я улыбаюсь.

— С вашей историей не все просто, — начинаю я разговор. — Очень много непонятного открылось, но сначала поговорим о вас. Во-первых, никто никого разлучить уже не может — вы зарегистрированная семья. Во-вторых, впереди у вас счастливая жизнь, в которой не нужно ничего бояться, вы дома. И мы у вас навсегда.

— А малыши? — интересуется Марина. Знаю я, что не смогла ни она, ни Виталик их полностью своими принять, так и они совсем еще дети, так что тут сюрпризов ни у кого не было.

— Малыши, которых вы спасли, обретут каждый маму и папу, беспокоиться и винить себя не нужно, — судя по тому, как облегченно вздыхают дети, и тут я угадал.

Я уже хочу продолжить разговор, когда звучит грозный сигнал, заменяющий у нас сирену. «Колокола громкого боя» этот сигнал по традиции называется, хотя звучит совсем не так, как в древности, а мой дар буквально кричит: «Вот оно! Вот оно!»

— Нештатная ситуация, — сообщает мне «Сириус». — Экстренный выход под воздействием внешних факторов.

Сразу же оживают экраны, демонстрирующие мне Пространство, и в первый момент я не вижу ничего, но вот затем...

Виталий

Тот факт, что с нашей историей не все гладко, для меня совсем не сюрприз. Я и сам замечал необъяснимые совпадения, но радостно мне от того, что нам верят. Не подвергают сомнению рассказ, хотя у меня на месте родителей возникло бы сомнение, а у них совсем нет, и от этого доверия очень тепло на душе. И доченьки наши чувствуют всё... Необыкновенные просто ощущения, иногда кажущиеся невозможными, как будто я сплю.

Тот факт, что малыши обретут мам и пап, меня успокаивает, да и Маринку мою тоже, потому что чувство вины за то, что мы их фактически бросили, нет-нет да грызло душу, но никто, оказывается делать нас ответственными за них не стал. И это тоже, на самом деле, волшебно.

— Нештатная ситуация! — звучит в тишине

рубки, заставляя меня напрячься, но вот доченьки сидят спокойно, чему-то улыбаясь.

Наденька залезает ко мне на руки, отворачиваясь от экрана, как будто что-то чувствует, а старшие ее сестры оккупируют маму. Интересное расположение, на самом деле. При этом я понимаю, что ничего хорошего такое сообщение значить не может, но отчего-то совсем не нервничаю, мне скорее любопытно.

А вот папа становится очень серьезным. Он разворачивается к экрану, сразу же начав что-то набирать на сенсорах перед собой — его руки так и летают, мама же просто расслабленно кладет руки на пульт перед ней и не делает ничего, при этом не сводя взгляда с экрана, в котором поначалу не отражается совсем ничего. Я замечаю звезды, но никакой планетарной системы, да и звездной тоже. Интересно, что мы здесь забыли?

— «Сириус», включить специальные сенсоры, — спокойно произносит мама, и тут картинка вдруг меняется.

Мне кажется, что звездолет окружен шарами — черными, темно-синими, я вижу даже один белый, но вот что это означает, не понимаю. Зато, похоже, понимает папа. Он улыбается, что-то быстро набирая на своем пульте. Вспомнил, это называется «консоль»!

— «Сириус», сигналы приветствия и дружелюбия, — командует он, добавляя затем: — Активировать протокол Первой Встречи, сорок два на базу.

— Протокол активирован, сорок два передано, получен автоматический ответ, — сообщает в ответ, как я уже знаю, мозг звездолета. — Сигнал с базы.

— Давай, — хмыкает папа, как будто точно знает, что ему скажут. Улыбается и мама, поэтому я совсем не беспокоюсь.

— «Сириус», к вам выдвинулся «Марс», — сообщает другой голос. — Что у вас?

— По-моему, это энергетическая цивилизация, — не очень уверенно сообщает папа. — Выдернули из субпространства, видны только через спецсенсоры, представляются шарами.

— Вот не могут Винокуровы без приключений! — реагирует голос, по-видимому, с базы.

— Принимаю запрос установления двусторонней связи, — произносит «Сириус», при этом у него интонации такие, как у уставшего человека, который в этой жизни уже видел все.

— Устанавливай, — кивает папа, продолжая улыбаться. — Если это энергетики, то им связь не особо и нужна.

— Вежливость, любимый, — коротко произносит мама. — Значит, не враги.

А ведь она права: если те, кто нас так спокойно выдернул, просят о связи, а не просто начинают говорить, то это может значить именно то, что они не враги. И это хорошо, потому что врагов нам уже точно хватило. В этот момент картина на экране меняется, и вместо шаров я вижу некое существо... Голова у него одна, а вот глаза расположены вокруг головы, при этом носа не наблюдается, зато есть рот. Сколько у него конечностей и какие они, понять сложно, потому что существо окружает... как будто облако или туман.

— Здравствуй, человек Виктор, Защитник Человечества, — произносит существо на экране. — Так мы выглядели в пору, когда у нас было тело. Меня можно звать Ат, так будет проще.

— Здравствуй, Ат, — папа встает из-за консоли. — Я рад приветствовать тебя от имени всего Человечества! Мы идем с миром!

— Мы идем с миром, — эхом слышу я с экрана. — Твои дети, человек Виктор, доказали, что вы достойны дружбы, но прежде чем мы соединим наши руки, чтобы идти дальше вместе по пути познания, я бы хотел поговорить с ними.

— Пожалуйста, — разрешает папа, отходя чуть в сторону, видимо, чтобы существо нас видеть могло.

Мне отчего-то кажется знакомым то, как оно говорит, сама манера речи, но я его совершенно точно никогда не видел. А представившееся Атом существо смотрит на нас, и мне кажется, с лаской оно это делает.

— Человек Виталий родился давно, гораздо раньше, чем он помнит, и вы это уже знаете, но именно он начал первое Испытание вашей расы, — произносит Ат. — Впрочем, об этом мы еще поговорим... Я хочу спросить ребенка, которому вы дали тело и имя. Скажи мне, дитя, ты теперь довольна?

— Да! — резко повернувшись в сторону экрана, восклицает Наденька. — У меня есть папа! И мама! И сестрички! — она говорит нечетко, но понять ее можно. Два года ребенку, откуда взять четкость речи?

— Мы рады за тебя, малышка, — улыбается, не показывая зубов, Ат. — Дитя нашла почти погибшего после темпорального переноса человека Виталия и решила все исправить. Когда мы поняли, что происходит, вмешаться уже было нельзя.

— А Ириша с Танюшей? — интересуюсь я, потому что совпадения странные все-таки.

— Ты узнаешь от своих Старших, человек Виталий, — отвечает мне он. — Они очень хотели к своему папе, согласившись на испытания, без которых вполне могли обойтись.

Совсем ничего я не понимаю. Он загадками говорит, но при этом Надюша моя явно успокаивается, прижимается ко мне и засыпает. Устала она, получается? Видимо, испугалась, что заберут, а затем резко успокоилась. Детям такие качели хорошо не делают. И хотя я не знаю, из чего я делаю такие выводы, во мне крепнет уверенность в том, что я прав. Как-то связаны эти существа со мной, но говорить прямо они не хотят почему-то. Зато я уверен в том, что папа обязательно расскажет.

— А вот и группа Контакта, — замечает папа, обращаясь затем к Ату. — Прибыли наши специалисты по разговору, теперь мы можем сделать наш следующий шаг.

— Ты мудр, человек Виктор, Защитник Человечества, — звучит в ответ. — Надеюсь встретиться с тобой на пути к познанию.

— «Сириус», протокол на «Марс», — командует папа. — И я надеюсь еще не раз поговорить с тобой, мудрый Ат.

— «Сириус», покидание зоны контакта разрешено, — звучит с экрана знакомый голос тети Маши. — Наши новые друзья желают вам счастливого пути. Витя, топай скольжением!

— «Сириус» принял, — реагирует папа, что-то еще произносит, после чего экран вдруг расцветает красками, очень похожими на мой прыжок.

Я завороженно смотрю на центральный экран,

видя, что звездолет держится строго по центру тоннеля как приклеенный, затем только интересуясь у папы, отчего я это вижу. И вот тут оказывается, что мы сейчас летим намного быстрее, чем в обычном прыжке, поэтому через минут сорок уже будем дома. Наш новый дом зовется очень красиво — Гармония.

Пространство. Новые друзья

Мария

Услышав новый вызов, я заканчиваю разговор с Архом, поворачиваясь к Лерке с немым вопросом в глазах. Ну, надеюсь, мое выражение лица примерно такое. На это сестренка, хихикнув, включает трансляцию, причем трансляцию прямо от главной базы, что обычно не делается. Чаще всего сигнал передается командиру «Марса», который нас затем и информирует, но, видимо, не в этот раз.

— Винокуровы не могут без приключений! — сообщает незнакомый голос, видимо, дежурного. Надо будет на него потом «Щит» натравить, за нарушение инструкции. — «Марс», у нас сорок два, примите координаты.

Сорок два — это хорошо всем известный код, означающий встречу с возможными друзьями. И раз в деле Винокуровы, а координаты... хм... где-то неподалеку от Драконии, значит, это Витька. Интересное кино — встретил возможных друзей прямо в центральных наших мирах. Любопытно, откуда они взялись?

— «Марс» в пути, — меланхолично отвечает командир звездолета. Он привык уже, у нас или скука смертная, или вот такой вот бег с препятствиями, учитывая, откуда пришел вызов.

Гиперскольжение — штука очень красивая, но я ее пока не наблюдаю, а вместе с Лерой топаю в рубку: по традиции Первый Разговор ведется оттуда. Пока же группа собирается в зале совещаний, готовясь начать работу. За последние лет двадцать новых друзей у нас довольно много стало, как и детей-творцов, что означает — Человечество развивается, делая новые шаги по своему пути, отчего мне радостно становится. Иногда у меня ощущение, что кто-то решил объединить всех Разумных, будто готовясь к чему-то. Но дары молчат, потому сказать что-либо сложно.

Я захожу в рубку как раз в тот момент, когда «Марс» выходит в Пространство. Специальные сенсоры уже включены, потому возможных друзей, представленных в виде шаров, я уже вижу, а затем падает и протокол Витькиного звездолета. Командир «Марса» сразу же делает то, что забыл мой брат — отстреливает буи с сообщением о Зоне Контакта и запретом навигации, а я быстро просматриваю протокол. Что-то мне кажется знакомым в нем, и тут я вспоминаю: история Аленки и тети Маши. Вот просто очень похожа ситуация, на первый взгляд.

— Человечество приветствует Новых Друзей! — открываю я протокол Первой Встречи, хотя Витька уже все сделал, но инструкция есть инструкция, нарушать которую я не буду. — Мы пришли с миром!

— Цивилизация Ахтон приветствует Новых Друзей, — слышу я в ответ на всеобщем, что неудивительно для высокоранговых цивилизаций. — Мы пришли с миром!

Ну вот теперь поговорим. Впрочем, для начала я прошу друзей разрешить отправить Витьку домой — у него на борту дети, а что может быть важнее их? Разрешение мы получаем моментально, ну и передаю я его сразу же.

— «Сириус», покидание зоны контакта разрешено, — сообщаю я брату, которого хочется обнять, но пока у нас работа. — Наши новые друзья желают вам счастливого пути. Витя, топай скольжением!

— «Сириус» принял, — хмыкает Витька, практически мгновенно исчезая. Ну логично, звездолет у него военный, разгон ему не нужен.

Я же включаю ознакомительный фильм для наших Новых Друзей, а они, поняв, что видят, по параллельному каналу передают свой. То есть или опыт у них есть, потому что такая процедура в Галактике стандартна, или просто наши протоколы прочитали, что для энергетической цивилизации вообще не сюрприз. Ну что же, посмотрим...

Итак, цивилизация Ахтон. Что-то мне напоминает это название, впрочем, разные языки предполагают разные понятия, поэтому в данном случае это не значит ничего. Энергетическая цивилизация, прошедшая по пути развития до отрицания ограничивающей оболочки. В общем-то, не они первые, так что не сюрприз. Я смотрю на то, чем они являются, а в моей голове формируется картина того, что именно произошло с Виталиком и его семьей. Учитывая, что Ат сказал Наденьке, — очень даже все логично получается.

— Прежде чем мы соединим наши руки в пути познания, — произносит Ат, показывая глазастозубастое изображение, — я хочу тебе поведать о детях человека Виктора.

— Благодарю тебя, Ат, — отвечаю я ему, рассказывая о том, что удалось выяснить и какие загадки встали перед нами.

И вот тут на экране появляются картины. Новые Друзья нам скорее показывают, чем рассказывают, что способствует взаимопониманию. Маленький ребенок их народа по недосмотру увидел произошедшее с детьми. На экране показывается медленное умирание и малышей, и старших детей — Ирины и Татьяны. Девочки оказались в сетях Врага, зачем-то решившего убить творцов медленно, видимо с какой-то целью, нам неведомой. И вот тут малышка перенесла девочек в другой мир, но полностью починить не смогла. Значит, с девочками все проще — они из альтернативной реальности, с одного из пропавших звездолетов. А малышки действительно принадлежали, как и Марина, кстати, погибшей цивилизации.

— Мы не знаем, кто решает, каким должно быть Испытание, — объясняет мне Ат. — Но сын Николая Винокурова попал в него случайно и погиб в юном возрасте. Малышка решила, что это неправильно, поэтому принялась решать проблему так, как считала нужным, а мы просто не уследили.

Они не уследили, но при этом ставшая Наденькой девочка была наказана за такое самоуправство кем-то не принадлежащим этой цивилизации. При этом аналога использованного термина у нас нет. Это может означать, например, что есть те, кто надзирает за играми цивилизаций, и это не

Творцы. Ощущения игры в песочнице при этом, правда, не возникает, но и легко принять рассказ непросто.

Малышка считала, что играет в созданном ею пространстве, где разрешено все, а ей-то откуда знать разницу между «Якутией» и «Арктикой»? О том, что «играла» в единственной стабильной реальности, узнала она слишком поздно. За ней недосмотрели воспитатели, ибо понятия родителя у них нет, сложно с этим у энергетических цивилизаций. Воспитатели тоже были наказаны, однако, подумав, некие присматривающие за всем силы решили ничего не трогать, чтобы не сделать еще хуже.

Если бы не мой опыт, звучало бы совершенным бредом, но я раскладываю рассказ Нового Друга иначе. У легендарного Николая Винокурова был сын, это исторический факт. При этом он попал во флуктуацию, которая возникла в результате запуска какой-то машинерии — какой именно, сейчас неважно. Кстати, случай вряд ли был единичным, так что возможны еще сюрпризы, ибо дикие люди делали на планете то, что лучше в Пространстве и подальше делать, впрочем, речь сейчас не об этом. Именно запуск потом посмотрю чего на планете и создал весь бардак, в результате которого дети оказались в реальном мире, а так как наша линия реальности осталась единственной, то все логично получается... Ну, по крайней мере, для меня оно таковым выглядит. Надо будет еще аналитиков подергать, а пока возвращаться к разговору, потому что потом у нас трансляция.

Виталий

Система Гармонии, где теперь наш дом, потому что так папа сказал, очень красивая, а главное — тут множество кораблей, буквально снующих туда-сюда. Больше всего внимание привлекает сама планета. Дочки после встречи с «новыми друзьями», как их люди называют, мне кажется, оттаяли — ведут себя больше по возрасту, задают тысячу вопросов и совсем ничего не боятся.

Мгновенно растеряли свой внутренний страх доченьки, по крайней мере сейчас. Это не очень обычно, по-моему, но папа улыбается, отвечая на вопросы, поэтому, видимо, все в порядке. Мы зависаем совсем недалеко от гигантского колеса, про которое папа сказал, что это станция — Главная База Флота. Интересно будет побывать как-нибудь...

— А теперь мы полетим домой, — сообщает нам мама, с улыбкой следящая за приникшей к экрану Наденькой. — А на чем?

— Возьмём экскурсионный, всё-таки первая встреча... — задумчиво отвечает папа, будя наше любопытство.

Он что-то набирает на своей консоли, после чего удовлетворённо кивает. Мама заглядывает ему через плечо и чему-то улыбается, правда чему, я не знаю. Маринка прижимается ко мне, ну а дочки все у иллюминатора собрались. В этот самый момент в рубку входят странные устройства, описать которые я сразу не могу — небольшие обручи на ножках, как-то так они выглядят.

— А теперь внученьки пойдут сами, — сообщает папа, беря на руки Надюшу.

Он не оставляет её в руках, а очень аккуратно сажает внутрь обруча, сразу же уменьшившегося ей по размеру пояса. Ноги этого странного устройства чуть жужжат, подстраиваясь по длине, после чего кажется, что доченька стоит в этой конструкции.

— Ну-ка, попробуй походить, — предлагает ей папа, и тут я понимаю, что это ходунки!

Надюша делает первый шаг, заставляя нас всех за неё порадоваться, а папа объясняет, что устройства будут на первых порах поддерживать Надю и Таню, которую в аналогичный обруч сажаю я, пока они не научатся уверенно ходить. Он ещё рассказывает, что устройство это умное, массирует мышцы и следит за тем, чтобы дети не переутомлялись, и звучит это просто волшебно. Такое ощущение, что мы просто в сказку попали...

— Дети очень любят делать что-то самостоятельно, хотя на руках родителей тоже очень даже, — произносит папа, показывая мне индикацию на аппарате, позволяющую вовремя отреагировать, если доченька через «не могу» ходить будет. — Пойдемте-ка.

Он выводит нас всех из рубки, устремляясь с мамой вместе куда-то вперед. Коридоры здесь все темно-зеленые, потому что так принято на военных кораблях. Оказывается, мы сейчас именно на военном корабле. Дети на боевом корабле... Непредставимо, а для людей здесь вполне обычно. Я же вижу, хоть и понимаю, что в боевой обстановке нас всех замотают в вату и в сейф положат, и вот это понимание дарит просто неописуемые ощущения.

Коридор упирается прямо в космос. Но тут включается подсветка, и я вижу, что дальше стенки его полупрозрачные. Ряды кресел говорят о том, что это... космический корабль? Вот такой? Но вопрос я задать не успеваю — папа рассаживает нас в кресла, внимательно проследив за тем, чтобы всем было удобно.

— Это экскурсионный корабль, — объясняет он.

— Специально для детей, потому что им же интересно!

— Мы все-все увидим? — удивляется Иришка.

— Да, внученька, — очень ласково отвечает ей мама. — Корабль хорошо защищен, и на нем мы летим домой, а вы посмотрите на нашу Гармонию.

Она любит планету, это заметно, даже очень. Я же чувствую совершенно детское предвкушение, не забывая наблюдать за доченьками. В этот самый миг гаснет свет, и корабль, судя по всему, приходит в движение. Я уже готовлюсь наблюдать, когда происходит еще кое-что... Впереди загорается круг света, в котором обнаруживается женщина, совсем на людей непохожая. Одета она в такой же, как и у нас, комбинезон, но лицо у нее какое-то кошачье, а подвижные ушки на голове завершают картину.

— Здравствуйте, дети, — ее голос полон доброты, но затем в нем появляется и восхищение. — Здравствуйте, Старшие Братья!

— А почему «Старшие Братья»? — удивляется Маринка, видя, как эта женщина смотрит на наших маму и папу.

— Вам в школе расскажут о том, как Человечество спасло тысячи сирот, — отвечает та на вопрос моей любимой. — Как люди обогрели потерянных котят, научив быть Разумными.

В голосе ее просто обожание, она действительно очень рада нашим родителям, да и нам всем, и это выглядит сейчас загадкой. Но вот сама суть сказанного очень легко ложится в озвученные родителями принципы Человечества: «Не бывает чужих детей» и «Дети превыше всего». Сейчас мы получаем доказательство того, что это не просто слова, раз люди смогли воспитать совершенно непохожих на них существ.

— Сейчас мы войдем в атмосферу, — отвлекшись, я не сразу понимаю, о чем говорит эта женщина, — и вы увидите богатство городов. Люди уже не живут на поверхности, лишь в своих домах, очень бережно относясь к природе...

Ну логично, если корабль экскурсионный, то у нас сейчас, получается, экскурсия по Гармонии. Очень интересная, надо сказать, экскурсия и... Только для нас? Причем когда я задаю этот вопрос папе, он его понимает не сразу, а вот мама отвечает мне, что это нормально, потому что нам нужно познакомиться с нашим новым домом. Дети для людей действительно очень важны...

Я вижу, как выглядят дома людей: грозди и гирлянды висящих в воздухе овоидов различных форм — и удлиненных, и ближе к шару — поражают воображение. А перед нами уже самая, пожалуй, большая гроздь, и я теряюсь в догадках о том, что это такое.

— А это наша достопримечательность, — со смешком сообщает женщина-кошка. — Это дом Винокуровых. Он очень большой, как и ваша семья, дети.

— Настолько большой? — поражаюсь я, но папа смеется.

— Увидишь, — обещает он мне.

И действительно, встречают нас просто огромной толпой, от вида которой дочки пугаются вначале, да и я совершенно теряюсь, но это ненадолго. Сначала нас всех отводят в наш сектор — это отдельный дом, чтобы у нас было свое пространство, как папа говорит, а затем уже нас ждет большой стол. Не все могут прибыть сейчас, потому что служба и работа еще, но и тех, кто собирается за огромным круглым столом, просто невозможно сосчитать. Будто моя детская мечта вдруг исполняется — иметь большую семью. И действительно же, просто огромная у нас семья...

Гармония. День рождения

Виталий

Завтра у наших дочек день рождения. Для нас с Маришкой большой сюрприз был это узнать, но еще большим оказался тот, что в семье детям подарки принято делать руками родителей. Традиция такая, которую я поддерживаю, — потому что, что может быть важнее и дороже? Доченьки уже спят, впервые в жизни услышав колыбельную; да что там, даже я впервые в жизни ее слышу. Она какая-то очень родная и совершенно усыпляющая, но папа нас разбудил, конечно, ведь надо к завтрашнему дню готовиться. И синтезатор в нашем распоряжении, а он может очень многое.

— Что бы сделать девочкам? — интересуюсь я у

Маринки, ведь что может понравиться детям, даже не представляю себе. — О чем ты мечтала, когда была маленькой?

— Не помню, — отвечает она мне, а потом задумывается и добавляет: — Но мне бы на месте малышек очень хотелось бы… куклу… — отчего-то покраснев, очень тихо говорит любимая.

— Здорово! — радуюсь я этому, пытаясь представить именно кукол для малышек, и вот тут то самое ощущение правильности заставляет меня встать, двинувшись к синтезатору.

Я просматриваю огромное меню, сразу же отмечая то, что нам может понадобиться. Список возможностей огромен, но я внутри уже чувствую, что именно нам нужно. Маринка становится рядом и вносит свою лепту в поиски. Она тоже умеет чувствовать. Сегодня мы услышали о каких-то дарах, ну и о том, что у нас они есть. Или только один? Я так и не понял, что это такое, но сопротивляться внутреннему чувству просто не могу.

Вот наконец я вынимаю из контейнера все, что мы сотворили, чтобы сделать кукол девочкам. Интересно, они хотя бы знают, что это такое? Вот будет грустно, если нет… Хотя постойте, в том фильме для детей куклы были, поэтому доченьки хотя бы знают, что это такое. Можно будет еще сказать, что это как будто родители всегда рядом с ними, или что-то подобное каким-нибудь образом сформулировать, потом подумаю.

Маринка, улыбаясь, садится рядом, поэтому некоторое время мы просто обнимаемся. Это она еще не сообразила, что наш день через неделю. Но вот собственно процесс размножения нам пока не нужен — не готова она к этому, что мне хорошо заметно. Ведь девочке, которой она была до встречи со мной, жилось совсем несладко, и хотя та личность ушла, но... Некуда нам спешить, у нас вся жизнь впереди.

Мы садимся в четыре руки мастерить кукол — три доченьки у нас, три солнышка ясноглазых. Папа нам с Маринкой, кстати, объяснил, что для восстановления Ириши и Танюши нужно было часть органов и костей растить, а возможностей девочек почему-то не хватило, поэтому взяли от нас с любимой, ну еще тело Надюшино так же создано. О многом подумали, на самом деле, врачи, хоть я и не все еще понимаю. Надо будет о школе спросить, ведь мы из седой древности, получается, ничего не знаем... Но это, я полагаю, успеется.

— Красивые какие... — шепчет Маринка, но мы еще не закончили.

Я отвлекаю ее разговором, а сам делаю еще одну куклу, чтобы порадовать ее, потому что есть у любимой тоска такая внутренняя, и я хочу ей просто показать, что она любима. Все-таки хоть Маринка никогда и не признается, но и ей хотелось бы куклу. Пусть мы с ней очень взрослые, но мы и дети. Папа и мама нам очень хорошо показали, что мы именно дети, а потому... Я просто хочу ее порадовать. Необходимо мне, на самом деле, порадовать мое солнышко.

— Мы теперь спать пойдем? — интересуется она у меня.

— Ну, наверное... — изображая неуверенность, сообщаю я.

Она разворачивается ко мне, а я обнимаю свою очень любимую девушку. Именно это чувство, как-то мгновенно между нами возникшее, заставляет меня сейчас бережно прижимать к себе Маринку. Подумав мгновение, я беру ее на руки, опустившись на стул.

— Вот эти куклы мы сделали вдвоем, — я показываю ей одинаковые, простые фигурки, укутанные в платья. — А вот это...

Прямо в руки Маринке приземляется то, что я сделал для нее. Она на мгновение замирает, как-то мгновенно поняв, что это для нее, а затем очень тихо плачет. Я прижимаю ее к себе, давая возможность поплакать. Мне кажется, я очень хорошо ее в эти мгновения понимаю, ведь она своего детства не помнит, будто не было его у нее, но между тем хочется моей любимой... Как и всякой девочке.

— Спасибо... — шепчет она, прикрыв глаза.

— Все для тебя, любимая, — отвечаю я, нежно целуя ее глаза.

— Молодежь, в спальню переместиться не желаете? — интересуется папин голос, заставляя меня вздрогнуть, а Марину ойкнуть.

— В спальне дети, — тем не менее сообщаю я ему, поднимаясь со стула с любимой на руках.

Папа стоит в обнимку с мамой, глядя на нас очень ласково. Он ничуть не сердится и, кажется, совершенно все понимает. Ну конечно же, он все понимает, ведь он же папа! Маринка открывает глаза, сделав движение, как будто освободиться хочет, и я медленно опускаю ее на пол. Но она хватает меня за руку, сделав шаг к родителям, я даже не понимаю, что она сделать собирается, на самом деле.

— Мама! Мне Виталик куклу подарил! — очень по-детски, с такими интонациями, что и описать сложно, хвастается моя любимая. И вот тут нас обнимают.

— Совсем дети, — вздыхает мама, даря нам обоим в этот миг кусочек детства, которого у нас не было.

Я очень хорошо знаю: в детство не вернуться, но

в эти минуты ощущаю себя так, как будто я в сказке. Вокруг все волшебное, и ничего плохого совершенно точно случиться не может. Я даже не знаю, было ли со мной подобное в детстве, а судя по замершей Маринке, я не один в своем восприятии ситуации. Родители же очень хорошо понимают, что именно с нами происходит, я вижу это и чувствую еще. Не знаю, правильно ли будет спросить сейчас, но просто не могу удержаться.

— Мама, папа, у меня есть внутреннее ощущение, которое мне подсказывает, как правильно действовать. Это нормально? — спрашиваю я родителей.

— Ох, сына, — улыбается мама, начав свой рассказ.

И вот тут внезапно оказывается, что мое внутреннее ощущение называется «дар». У людей дары — обычное дело, они бывают разными, но тот, который у нас всех пятерых, — он особенный, владеть им надо будет учиться, но пугаться не надо. Достаточно только себе доверять. Я-то и так себе доверяю, но продолжаю выспрашивать, особенно меня слово «дар» интересует. Насколько я знаю, это слово значит «подарок», а от кого?

Кажется, я копирую дочек — забрасываю родителей вопросами, но они ничуть не сердятся, не прерывают, не указывают на время, а терпеливо отвечают, показывая нам с Маринкой тем самым, какими на самом деле должны быть родители. И это... это сказка просто.

Марина

Меня будит какая-то волшебная музыка. Любимый помогает мне подняться и одеться, а музыка все звучит, набирая громкость, в нее вплетаются голоса, поющие о том, какой сегодня прекрасный и очень важный день. Я же не очень понимаю, что происходит, зато явно осознает он, подводя меня к кроватям, где наши солнышки уже открывают глаза, пораженные звуками.

Как-то мгновенно, я даже сообразить не сумела, как именно, Виталик стал мне самым близким, самым родным, самым... Будто тумблер повернули — и вот я уже не представляю себе жизни без него. И родители... Они нас приняли, моментально покорив меня этим. Но и я их приняла, и любимый тоже — как по щелчку, а отчего так, я и не знаю. Но сейчас у наших малышек очень важный день, поэтому мы вместе с любимым подходим к их кроватям, чтобы поздравить каждую, погладить и подарить сделанных нами кукол. Я немного переживаю, понравится ли им, но...

Спустя несколько мгновений наши доченьки

плачут. Они плачут, прижимая к себе первые подарки, как самое большое сокровище на свете. Они плачут, когда мы их одеваем, умываем и даже когда с ними на руках выходим в столовую, где огромный стол стоит. Нужно успокоить наших маленьких, но успокаивать не хочется, потому что и Виталька, и я их очень хорошо понимаем. Он и мне куклу вчера сделал, так что я наплакалась вечером. Будто вложив в нее свою любовь, любимый подарил мне символ того, что я нужна, любима... Как объяснить это, где взять силы справиться с эмоциями?

И вот вся наша огромная семья ждет, пока наконец доченьки доплачут. Они все так понимающе смотрят, что плакать хочется уже и мне. И от этого понимания малышки потихоньку успокаиваются, но не очень, потому что тут их начинают поздравлять все вокруг. Вся просто огромная семья поздравляет малышек и... нас?

— А почему нас? — не понимаю я.

— Потому что это огромный праздник для родителей — день, когда дети на свет появились, — с улыбкой объясняет мне... дедушка.

Он совсем не старый, и даже непохож на деда, но ему много лет, я знаю, а еще дедушка почти икона не только для нашей семьи, но и для всего Человечества, потому что он Наставник, он учит разумных быть по-настоящему Разумными. И хотя я еще не понимаю, как именно этому можно научить, но, глядя в его глаза, я вижу мудрость и просто океан тепла и ласки. Теть у нас аж двадцать оказывается, нам даже обещают рассказать истории... Но сейчас у нас праздник.

Совершенно волшебный завтрак, который я даже не воспринимаю, а доченьки вообще не здесь находятся — они впервые в жизни понимают, что такое большая дружная семья. И я с Виталиком тоже. Мы поначалу теряемся, но затем как-то вдруг оказываемся своими в круге общения. Малышкам скучать тоже не дают, детей, особенно маленьких, оказывается очень много вокруг, поэтому совсем скоро наши маленькие играют с новыми друзьями и подружками в большой игровой комнате. Они будто забывают обо всем, но при этом внимательно смотрят — тут ли мы. И все остальные, даже дети, понимают: им это нужно. Я будто в бесконечной сказке, которая никак не заканчивается.

— А что будет дальше? — негромко интересуюсь я у... папы.

— Дальше вы будете учиться, а малышки, как только смогут, украсят собой детский сад, — пожимает плечами папа. — Не надо волноваться, не ты первая. Лучше руку мне дай.

Я протягиваю ему руку, еще не понимая, что он

хочет сделать, а папа надевает на нее такой же браслет, как и у него. Оглянувшись на Виталика, вижу, что о нем мама позаботилась, поэтому облегченно вздыхаю. А папа подгоняет браслет, нажимает на нем какие-то кнопки или сенсоры, отчего тот похрюкивает, кажется.

— Так, это коммуникатор, — объясняет мне папа. — У вас у обоих такие, для детей среди подарков найдете — и сразу же наденете. Коммуникатор следит за здоровьем, помогает в ежедневной жизни, ну и потеряться ребенку почти невозможно.

Оказывается, этот браслет — он помощник. Смотрит, чтобы доченьки не беспокоились, зовет врача, если надо, и совершенно не дает потеряться. То есть придает уверенности, потому что с ним доченьки могут всегда связаться с нами, где бы ни находились, ну и мы с ними, конечно. Выходит, сказка продолжается?

Любимый для пробы вызывает меня, что заставляет улыбнуться. Это напоминает Землю, так там номера телефонов записывали — перезванивая, чтобы проверить. Но вот сейчас это выглядит просто очень мило. Надо будет дочкам поскорее надеть эти браслеты, чтобы они были спокойны... Может показаться странным то, как я приняла детей, но для меня все кажется абсолютно правильным, поэтому задумываться не буду.

— А теперь у нас торжественный обед, — заявляет бабушка. Я смотрю на коммуникатор, увидев, что время прошло действительно незаметно.

Доченьки мои, услышав об обеде, уже отвлеклись от игры, поэтому доставить их к праздничному столу получается очень даже просто. И вот тут до меня кое-что доходит: мы утром, когда их одевали, на руки взяли, а ходунки забыли. Но сейчас малышки вполне спокойно играли и ходили, а Танюша даже бегала... Выходит, они уже научились? Просто незаметно для нас? Ой...

— Любимый, Танюша и Надюша сами ходят! — обращаю я внимание самого близкого человека.

— Здорово! — радуется он. — Значит, вот такой они себе подарок сделали на день рождения.

Это он шутит, конечно, но в каждой шутке... тем временем стол украшается вазочками, мисочками, в которых лежит что-то совершенно незнакомое. Я понимаю, что это салаты и закуски разные, но не узнаю ни один, при этом и любимый несколько ошарашенно смотрит на стол, но родители не позволяют нам ощутить свою... неправильность. Они рассказывают и нам, и доченькам о каждом салатике, кладя нам в тарелки совсем по чуть-чуть, правда, в результате я одними салатами, безумно вкусными, просто объедаюсь, а ведь впереди еще торт.

И вот наконец его приносят. Он просто огромен, хоть это и понятно: вона нас сколько, но доченьки наши сидят, разглядывая это высокое, украшенное ажурными кремовыми цветами сооружение, совершенно потеряв дар речи. Я бы тоже не знала, как реагировать, потому что он очень красивый, даже резать жалко... Но папе резать не жалко, и спустя несколько минут загораются свечи... со стороны каждой доченьки то количество свечей, сколько ей лет исполняется, что тоже выглядит необыкновенным.

Дети отлично справляются с задуванием свечей, сверкая счастливыми улыбками, а затем получают по сочному, безумно вкусному куску, а я просто тихо плачу от эмоций моих детей, да и от своих тоже.

Вот ты какая, настоящая сказка...

Примечание к части

С Новым Годом!

Гармония. Школа

Виталий

Ночью приходит совершенно неожиданный и очень необычный сон. Я внезапно обнаруживаю нас с Маринкой в необычной каюте — она прямоугольная и заставлена столами, в чем-то напоминая учебный модуль. Любимая оглядывается, пугливо прижимаясь ко мне, но тут, будто дав нам немного привыкнуть к окружению, в том же помещении появляются двое. Я их, кажется, видел на дне рождении дочек, да и Маринка обоих узнает, отчего расслабляется, начиная улыбаться.

— Добро пожаловать в Академию Творения, — улыбается дядя Сережа, которого зовут так же, как дедушку. Просто нам же сказали, что они все дяди и тети, а то запутаемся в сложных семейных отношениях. — Очень рады вас видеть, присаживайтесь.

— А что это такое? — удивляюсь я, не слишком понимая, почему мне такое снится.

— Вы обладаете даром творения, — объясняет нам тетя Ира. — Ваши дети тоже, но пока они маленькие, пусть смотрят свои сны. Придет время, Академия примет и их. По традиции, обучение происходит во снах, именно в них вы с помощью своего дара пытаетесь творить и путешествовать.

— Сказка какая-то, — признается моя любимая. — Но мне нравится!

— Вот и хорошо, — улыбается дядя Сережа. — Сегодня вы только вдвоем, потому что урок у нас вводный, а затем к нам присоединятся и другие ученики.

Звучит это очень сказочно, но я уже почти не удивляюсь, потому что мы действительно, похоже, в сказке оказались. В мире, где дети превыше всего, где существуют дары, инопланетяне, называемые друзьями, и никаких войн. Вспоминая книги, прочитанные когда-то очень давно, я понимаю: именно о таком мы и мечтали. И к такому стремились.

Дядя Сережа и тетя Ира рассказывают нам с Маринкой о дарах, что они значат, как себя проявляют, и почему дар творцов считается редким. Очень интересный получается урок во сне, просто очень, я и не знал раньше, что такое возможно. Дядя Сережа объясняет нам, что отныне у нас две школы будет — во сне и наяву, а пока он показывает мне, что может сделать творец. Посреди класса, эта каюта «классом», кстати, называется, появляется огромный шар, в котором сами по себе возникают изображения, совершенно нас увлекая.

Проснувшись, мы некоторое время лежим без движения, только глядя друг другу в глаза. Никаких слов сейчас не надо ни Маринке, ни мне самому, и вовсе не из-за минувшего сна, а потому что мы есть. Мы живем в детской, невозможной сказке, и осознавать это не очень просто, но мы оба стараемся, а сейчас я с любовью смотрю в такие родные глаза, понимая: мы вместе навсегда.

Но вот просыпаются и наши доченьки, которых нужно расспросить, поцеловать, погладить и помочь с одеждой. Как-то совершенно моментально научившиеся ходить, хотя, скорей всего, они просто вспомнили, как это делается, поэтому ходунки больше не нужны. Сегодня у нас важный день — учителя приедут, чтобы разобраться, чему и как нас нужно учить.

— А кто первый умываться? — интересуюсь я. — А кто хочет секрет узнать?

— А какой секрет? — лица сразу же становятся заинтересованными.

— Неумытым доченькам не скажу, — улыбаюсь я.

Только что задумчивые, они уже бегут умываться, и кажется мне, что прошлое их совершенно отпустило. Неужели одного праздника оказалось достаточно? Как-то не верится в это. Но и мы с любимой идем умываться, помогать нашим малышкам, которые воду любят, а умываться нет, а потом все вместе на завтрак, гадая, чем нас бабушка порадует. Готовкой пищи у нас бабушка занимается, потому что очень любит это дело, да и никакой синтезатор не сравнится с тем, что вышло из рук очень близкого, родного нашего человека.

— Ну па-а-ап, ну ска-ажи! — просят доченьки.

— Мы завтра с вами отправимся на природу, — громким шепотом отвечаю я. — Будем в озере купаться, вкусности всякие есть и отдыхать, а вот послезавтра...

Все, интерес разбужен. Помню, я сам был в некотором удивлении, узнав об этом. Оказывается, у людей есть настоящая сказка, созданная нашей бабушкой. И вот туда мы все отправимся, ну еще к нам и другие дети присоединятся. А сказка самая настоящая — с говорящей печкой, домовыми и Бабой Ягой. Волшебный лес, говорящие звери —

все это даст возможность моим малышкам отпустить страх. А подружки и друзья им только помогут.

Деда, все-таки, действительно великий наставник, очень хорошо понимающий, что нужно детям. А сегодня мы будем читать сказки, играть все вместе и отдыхать, хотя у нас с Мариной учителя же будут еще...

— Папа, — обращаюсь я к сидящему за тем же столом отцу. — А что означает вот этот символ? — на коммуникаторе горит символ в виде рукопожатия.

— Это трансляция у нас сегодня заявлена, — отвечает он, а затем, улыбнувшись, начинает объяснять: — Люди совместно решают многие вопросы — все люди, а иногда и все разумные разом. Любой вопрос, любое предложение или просьба о помощи, может быть обсуждено, для этого и нужна трансляция.

Я замираю от этого объяснения, не укладывающегося в голове. И тут оказывается, что правительства, которое всё за всех решает, у Человечества нет. Каждый может поднять какой-то вопрос, который все решат вместе. Есть вопросы, за которые отвечают специалисты направления, давая затем отчет Человечеству, но вот такого, как было в прошлом людей, которых никто не спрашивал — такого нет. Даже ребенок может задать вопрос всем. Совсем всем. Просто необъяснимо это для нас с Маринкой, но я думаю, в школе расскажут и что это такое, и зачем сделано именно так. Я верю.

— Значит, сейчас доченьки идут играть и фильм смотреть, — предлагаю я. — А мы смотрим трансляцию?

— Передача указана без ограничения, — отвечает бабушка. — Дети могут тоже посмотреть, если хотят.

— Можно?! — удивляется Ириша, переглянувшись с сёстрами. — Тогда мы хотим!

У них всех уже есть свои коммуникаторы. Детские, а значит, более умные, защищенные и охраняющие их самих. И вот в этих коммуникаторах сейчас горит такой же символ. Надюше будет не слишком интересно, наверное, но она хочет, как сестрички, потому готовится — залезает ко мне на руки и ждет. Я смотрю на указатель времени, замечая, что всё начнется вот-вот. Интересно очень, что это такое, конечно.

— Разумные! — с началом трансляции на экране коммуникатора появляется лицо тети Маши.

Она рассказывает о нас, о нашем пути, ну и о том, что мы из глубокой древности пришли, а затем... О том, что мы спасли шестнадцать малышей уничтоженной Врагом расы, и теперь этим детям нужны мама и папа. На экране появляются еще какие-то символы, которые объясняет мне папа, дети внимательно слушают, а вот любимая моя плачет, потому что такого просто не ожидает. Для Человечества дети действительно превыше всего, вне зависимости от того, где и как они рождены. Они дети.

Марина

Трансляция, да и реакция на нее других людей, которую видно на экране коммуникатора, поражает, конечно. Отсутствие тех, кто принимает решение за всех, само по себе поражает воображение, а такое — невообразимо просто. И наши дети. Дочки наши, внимательно выслушавшие тетю Машу, видят, что люди уже спешат, чтобы стать родными и близкими совсем чужих детей, осознавая, что «чужих детей не бывает» — это не просто слова. Понимаю это и я.

Хотя я знаю, что к нам учителя должны прилететь, чтобы протестировать наши с Виталькой знания, но прибывших совсем незаметно взрослых с педагогами не ассоциирую. Нет в них ни злости, ни внутренней усталости, ни равнодушия, так знакомых мне по жизни Марины. Дети играют в фильме, который оказывается объемным, подстраивая сюжет под их игру, а двое взрослых мужчин и одна женщина, просто между делом разговаривают с нами. Ну и дедушка с ними, конечно, даря нам уверенность, все-таки спрашивают нас о вещах, знакомых мне лично не всегда, но вот любимый — он как-то слишком легко, по-моему, на вопросы отвечает.

— Стоп, — произносит дедушка, глядя на нас обоих с улыбкой. — У внука дар полностью раскрылся, а у внучки еще нет. Это мы установили, и что?

— Так он просто нас читает, что ли? — удивляется женщина. Она кажется мне разозленной, но... не на нас?

— А то, папочка, — ой, тетю Машу я и не заметила. — Что у них только История Человечества и весь курс старшего цикла. Ну и языки, конечно, но с этим справятся по ходу пьесы, как ты говоришь.

— Логично, доченька, — кивает ей дедушка, а она смотрит на него, как на божество какое. — Умница.

Вот тут мне кажется, что тетя Маша от этой похвалы прыгать и визжать хочет, но сдерживается. Она объясняет мне, что обучение у нас виртуальное, это значит, что мы будем ложиться в специальные капсулы дома, но при этом будем в классах, чтобы не чувствовать себя некомфортно. Ну еще потому, что неизвестно еще, как с детским садом будет у малышек, а им мы нужны постоянно. И тут я просто застываю.

Взрослые, старшие, они обо всем подумали. И о том, чтобы мы не были белыми воронами, и о том, чтобы было комфортно детям. В моем детстве, кто бы их спросил, а здесь об этом в первую очередь думают! Иришку, старшенькую нашу, по возрасту в школу надо, но никто не предлагает, а когда я спрашиваю, почему...

— Понимаешь, Марина, — вздыхает наш дедушка. — Возраст, как и совершеннолетие — это вопрос духа, ответственности, осознания себя. Ты сумела взять на себя ответственность, принять детей своими, заботилась о малышках, чем и доказала свою взрослость, а вот ваша старшая дочь еще ребенок. Она не готова к школе, к другим детям, к чужим людям. Поэтому ей пока в школу не надо. Вот привыкнет, тогда и посмотрим.

Я даже не знаю, что в ответ сказать, потому что подобный подход для меня совершенно невозможен. Все, что я знала до сих пор, этому противоречит, хотя, если подумать, все логично же — раз интересы детей превыше всего, тогда и подобное отношение нормой должно быть. Интересно, как там в школе... Наверное, любопытство просто написано у меня на лице, потому что дедушка кивает на меня другим взрослым, те улыбаются, а затем...

— Если малышки могут обойтись пару часов без мамы с папой, то можем попробовать, — сообщает мне дедушка.

Любимый кивает, сразу же отправившись к дочкам. Интересно, он их уговаривать будет или подкупит? Хотя это же он, так что, наверное, просто уговорит, по крайней мере, я так думаю. Доченьки задумчиво смотрят на папу, потом на меня, а затем они прижимают к себе кукол, нами подаренных, и кивают одновременно. А Виталик обратно сразу идет. Ну гладит их сначала, а потом идет.

— Их высочества, — серьезно произносит он, — соблаговолили дать родителям часик, чтобы узнать, что такое школа. Они обещали не бояться и пока не плакать.

— Чудо просто, — хихикаю я, сразу же попадая в его объятия.

— Чудесные у нас девочки, — соглашается он, а затем смотрит на дедушку. — Ну, мы готовы.

Мы действительно готовы, потому что любопытно так, что слов нет. Дедушка уводит нас в другую комнату, где совсем рядом две капсулы необычные стоят. Они непрозрачные, но при этом раздеваться почему-то не надо, а надо просто лечь внутрь, и они обо всем позаботятся. Я осторожно укладываюсь, но мне совсем при этом не страшно — любимый рядом и я знаю это.

Кажется проходит совсем немного времени, при этом нам объясняют о двух кнопках, находящихся перед нами в «проекции». Я не очень хорошо соображаю, как мне кажется, потому что информации много, и ласка вокруг постоянная, отчего хочется расслабиться и вообще ничего не делать, но вот в следующее мгновение мы оказываемся в классе, за столом. При этом вокруг нас сидят еще дети разных возрастов.

— Здравствуйте, дети, — в классе вдруг появляется... ой... это тетя Алена, я ее знаю!

Интересно, а у нас вокруг семья, чтобы мы не пугались? Выходит, что Винокуровы везде, но я в это не верю, тогда объяснение достаточно простое: вокруг нас постоянно члены семьи, чтобы не было страшно, чтобы мы не пугались, а спокойно вливались в новую для нас жизнь. Осознавать это необыкновенно, конечно, но спрашивать я не буду, потому что хочу, чтобы осталось сказкой.

— Сегодня мы поговорим с вами о самых начальных понятиях Человечества, то есть о семье, детях, ну и о том, как правильно ориентироваться, как работает коммуникатор, как позвать на помощь, — рассказывает тетя Алена. — А начнем мы с вами с времени. Именно с понятия стандартного времени. Наш урок — это запись, но задать вопрос вы, тем не менее можете, нажав на желтую кнопку.

Оказывается, люди решили не заморачиваться, синхронизируя разные планетарные дневные циклы, а ввели понятие стандартного времени. Нам о нем сейчас рассказывают. Для каждой планеты понятия утро, день и вечер относительны, но абсолютное время едино для всех, что позволяет без проблем работать всякой технике.

— В память о Прародине Человечества, в одном дне у нас двадцать четыре часа, а в неделе семь дней. Называются они: понедельник, вторник, среда, четверг, пятница, суббота и воскресенье, — продолжает рассказ тетя Алена.

А вот затем она меня немного шокирует, потому что в месяце не четыре, а целых десять недель, а в году десять месяцев, и называются они совсем иначе. Урок пролетает настолько быстро и незаметно, что когда звучит сигнал окончания, мне даже не хочется прерываться, но любимый напоминает, что доченьки родителей всего на час отпустили, поэтому нужно открывать глаза и возвращаться в реальный мир.

Все-таки, школа у людей просто необыкновенная...

Гармония. Жизнь

Виталий

Утром мы полетим в сказку. Пришлось путешествие в сказку на две недели отложить, но никто не жалеет, как мне кажется. Итак, Лукоморье... Это планета Кедрозор, там мы будем почти оторваны от цивилизации, именно для того, чтобы наши маленькие сумели принять мир вокруг, хотя они, по-моему, уже. Тетя Маша говорит, что наши младшие как-то вмиг забыли все плохое, и, скорей всего, вспомнят, но не сейчас. Поэтому они уже не боятся оставаться без нас с Маринкой. Возможно, это был подарок новых друзей, позволивший им стать просто детьми. Особенно для Наденьки это важным оказалось, даже очень, поэтому сейчас наши доченьки мирно сопят после папиной колыбельной, а мы в школе. Наша ночная Академия Творения демонстрирует нам следующий урок.

— Сегодня мы поговорим о том, что может творец, кроме собственно творения, — произносит дядя Сережа. — Дар творца включает в себя и интуитивный, и эмпатический, и даже телепатический, да и многие другие, поэтому творцам нужно больше знаний.

— А почему? — интересуется Маринка.

— А я вам покажу, — улыбается он. — Просто, чтобы было понятнее... Совсем недавно произошел случай, кстати. Вы же знаете о потерянных котятах?

Я уверенно киваю, ведь нам с Маринкой в школе рассказали об этом. Цивилизация разумных едва не погибла. Возникший неизвестно откуда вирус сделал их срок жизни очень маленьким — до двадцати лет максимум, поэтому всё порушилось. Они, конечно, адаптировались, но все равно оставались котятами. Очень похожие на нас и на древних кошек одновременно, они, скорее, выживали, пока их не нашли. Ну а теперь кота можно и на улице встретить, потому что они обрели мам и пап.

— Ну так вот, был потерян котенок с даром творца, — продолжает свой рассказ дядя Сережа. — Искали его всеми силами, но найти не могли.

Огромный просто шар, висящий посреди класса, показывает нам поиски. Тревога у всех Разумных — ребенок пропал, и флоты, разыскивающие маленького котенка. Учитывая, что потерялся он с родной планеты, еще не успев обрести маму и папу, искать было намного сложнее, я это очень хорошо понимаю.

— И вот тогда Аленка предложила нам всем посмотреть силами творцов.

В шаре девушка появляется с такими же кошачьими ушами, но отличающаяся от котят — уши другие, да и строение тела совершенно человеческое.

Шар показывает нам, как множество юных творцов одновременно захотели увидеть котенка, и это им удалось. Котенок оказался девочкой, которую нашли в капсуле, но, выходит, в совсем другом мире. Малышку полюбили с ходу, она обрела семью, и вот это все нам показывает шар.

— Новые родители назвали котенка Маришкой, — поясняет нам с Маринкой дядя Сережа. — И полюбили, поэтому был дан отбой. Но что нам этот факт демонстрирует, а?

— Творец может переместиться в другое место? — интересуется девочка лет тринадцати, похожая на сказочную эльфийку: большие зеленые глаза, острые уши, тонкие черты лица.

Путешествие

— Творец может сместиться не только в пространстве, но и совсем в другой мир, — кивает дядя Сережа.

— А что там за мир такой? — интересуюсь уже я, потому что любопытно.

Дядя Сережа просто указывает на шар, показывающий нам... Человечество. Те же принципы, те же взгляды, все то же. Только там Человечество живет на Земле, ну, на Прародине, но вот что-то меня беспокоит в том, что я вижу. Припомнив то, чему нас уже научили, я прижмуриваюсь, что видит тетя Ира.

— Вот у нас Виталий уже догадался, — произносит она в тишине класса. — А кто еще?

— Созданный же мир! — восклицает кто-то.

Это довольно сложная категория миров — созданные. Творец может создать мир, который будет параллельной реальностью. Именно поэтому миров так много: большинство — созданные, вот и малышка на самом деле изменила созданный мир, по какой-то причине не имевший Творца, чтобы жить там. Это, можно сказать, норма, но почему в созданном мире творца не было?

— А почему творца не было? — интересуюсь я.

— Был творец, — вздыхает тетя Ира, показывая в шар. И увидев что-то там, Маринка ойкает, вглядываюсь и я.

Да, действительно «ой». Творец сошла с ума, такое возможно, потому что накладки бывают, а дети — они всегда дети. И сойдя с ума, она стала очень маленькой, устроив себе ад на земле. Но ей помогли, а затем она принялась создавать вложенные миры, что бывает или случайно, или в результате очень серьезных усилий. Я смотрю на то, как маленькая девочка, для которой самым большим кошмаром были люди, обретала уверенность, и улыбаюсь.

— Таких миров довольно много, — замечает дядя Сережа, — потому что издревле люди стремились к звездам. К добру, к справедливости, понимаете?

О, да, мы понимаем. Мы еще как понимаем, потому что были ровно такими же. И именно факт того, что мы были такими же, помогает и мне, и Маринке понять. Для каждого творца его мир — единственно возможный, а других как бы нет, поэтому вполне вероятно, что и наш мир кто-то создал... Впрочем, мы живем в этой сказке, поэтому на такие темы задумываться совершенно нет нужды.

Мы просыпаемся, осознавая действительность вокруг, а я понимаю, что с появлением дара творца мир становится еще сказочнее. Но при этом люди очень бережно к собственному миру относятся.

Почему творцы по «своим» мирам не разбегаются, мне уже понятно — в большинстве своем они дети, а детям в нашем мире очень комфортно, ведь они превыше всего.

Что же, нам пора вставать, ведь у нас впереди целая жизнь. И еще заждавшиеся нас дети. Самые-самые наши. Волшебные, растерявшие память о плохом, да и страх потерять нас. Они просто в любой момент осознают свою нужность, важность, твердо зная, что потеряться невозможно. Кстати, в детском саду они у нас уже побывали. С гостевым визитом, как шутит папа. Все им понравилось, и группа, в которой половина котят, тоже, так что будут ходить с радостью.

А нас ждет Академия, ну и школа тоже, а что будет после школы, мы пока загадывать не будем. Мы станем эту сказку нашей жизни смаковать, как пирожное, потому что в отличие от наших детей хорошо знаем, как бывает иначе. Как может быть больно, страшно и грустно. Но теперь мы знаем — такого никогда не будет, ведь у нас родители есть. И с их подарками на наш день рождения мы так же, как и доченьки с нашими, не расстанемся никогда, потому что в них кусочек любви наших родных.

В своем исчезнувшем в глубинах памяти детстве я уже и не чаял узнать папиной уверенности и маминой ласки, но теперь у нас совершенно точно есть мама и папа, как и у каждого разумного, потому что правильно — именно так.

Тай

Помню свои ощущения от встречи с Виталием, потом картина нашего рукопожатия облетела все коммуникаторы Человечества. Подумать только — из тьмы веков он дошел аж до нас. Ну и подружились мы, конечно, странно было бы, если бы нет — одна семья все-таки. Он сейчас с женой своей готовится школу закончить, чтобы затем в Академию Творения пойти, а мы опять болтаемся на Форпосте. Ну почти на Форпосте, потому что ждем подхода «Альдебарана», он нас будет сопровождать.

Выпустили нас уже из Академии Флота, так что двое молодых лейтенантов в сопровождении квазиживых готовятся прыгнуть почти в неизвестность. Дальняя разведка — очень специфическое подразделение Флота, а в этот раз нужны именно мы. Не все чисто оказалось с вирусом, который котят едва не уничтожил. Потому на Альдебаране летит и Ксия, стажером. Она как раз из котят, при этом тети наши, которые интуиты, говорят, что именно так мы лететь и должны: впереди мы с Даной, а за нами линкор «Альдебаран». История

Ксии, кстати, примечательная — она чуть не погибла котенком, а потом обрела маму и папу, как и они все, но там далеко не все так просто было, впрочем, это дела давние.

Так вот, установлено, что с вирусом не все так просто было — неоткуда ему было на планету попасть, то есть совсем. Даже погружения во времени не помогли — не было ни метеоритов, ни кораблей Врага, которых мы по старой привычке иногда Киан называем, то есть вообще ничего. На планете самой таких технологий тоже не встречалось, поэтому нужно смотреть уже самим. Возможно, даже и в прошлом. Хотя, мне кажется, ответ как-то связан с Ксией. Очень уж необычная у нее история была. А творцы прошлое смотреть не умеют просто.

Тетя Маша говорит, что Человечество уже почти готово в новую Эпоху вступить, но пока не будет, потому что слишком часто, получается, эпохи меняются, а это никому не нужно. Поэтому пока поживем в пятой. Интересно, что будет через сто лет?

— «Альдебаран» пришел, — сообщает мне Дана, чему-то улыбаясь.

— «Меркурий», синхронизовать каналы с «Альдебараном», — командую я, потому что формальный командир может быть только один, а мы с Даной неразделимы.

На самом деле много стало пар, которые друг на друге запечатлеваются, но тетя Маша говорит, что это нормально, потому что Человечество развивается, а душевное единение — это как раз шаг по пути развития. Новые друзья нам помогают в осознании уже достигнутого, поэтому и нам проще идти становится.

— «Альдебаран» объявляет десятиминутную готовность, маршрут передан, — сообщает мне разум корабля.

Он все еще себя не осознал, застыв на отметке девяносто. Процесс осознания себя у корабельного разума сложен и непредсказуем, поэтому никто и не беспокоится, а квазиживые готовы, чтобы не повторить историю корабля Виталия, хотя там дело совсем в другом было. Мозг корабля был практически замещен разумом ребенка-творца, очень хотевшего родителей. Ну, насколько я эту всю историю понял. Как говорит наш куратор, у Винокуровых легко не бывает.

— Не спи, командир, — улыбается Рая, выдергивая меня из раздумий.

Она квазиживая, а второй у нас Ли. Традиционная пара квазиживых на кораблях с не осознавшим себя еще разумом. Вот любопытно, как он себя вести будет? Как Надя или как-то иначе? Думаю, у меня будет возможность это узнать, а пока от меня ждут нажатия сенсора на старт — мы идем к опустевшей планете котят. Сначала археологи на ней поработают, пытаясь найти что-то лишь им одним известное, а потом уже и решать будем, так что сейчас я просто касаюсь сенсора старта, отчего экраны расцвечиваются плазмой гиперскольжения.

На самом деле, очень многое переменилось и в нашей жизни, и в окружающем нас мире — деда, который Наставник, говорит, что иногда не узнает мир, как будто его приключения дали начало лавинообразному развитию Человечества, хотя это, конечно не так. Шутить на эту тему ему, впрочем, никто не мешает.

И до его эпопеи, после чего Винокуровы разрослись как на дрожжах, случались приключения, но именно в последнее время их как-то слишком много. Я раздумываю об этом, ну и о Ксии, конечно. С котятами много разных историй связано, самая известная — с Ли-ан сто шесть, она не успела обрести родителей, когда исчезла. Просто бесследно исчезла, и все. Ее искали очень серьезно, и Человечество, и Друзья, а нашли творцы. Девочка ушла в созданный кем-то мир, как это возможно, правда, я так и не понял, но по некоторым слухам и тот мир, откуда мы с Даной были, тоже... Впрочем, я сейчас не об этом.

Так вот, Ксия... У нее с родителями что-то изначально не сложилось. Такое очень редко, но бывает. Тогда и щитоносцы, которые покой разумных блюдут, подключились, так что не все просто получилось. Но в результате она обрела и покой, и семью, и будущее, сейчас вот стажером летит на планету, где родилась. Интересно, откуда, все-таки, взялся тот самый вирус, что уничтожал именно взрослое население? Ведь это же жутко нелогично, дети более беззащитные... Странно это все, правда, не только мне оно кажется странным, но еще и щитоносцам, потому мы, собственно, и летим. Вирус-то подавила универсальная вакцина, но вот откуда он...

Я понимаю, конечно, что к дару нужно обязательно прислушиваться, поэтому ответ совершенно точно будет с Ксией связан, может быть, не напрямую, а как-то опосредованно, но мы его найдем, как найдем и виновника. Может, и не сразу, но совершенно точно.

Я уношусь мыслями домой, раздумывая о том, как нам всем повезло, что Человечество стало именно таким. Добрым, мудрым, по-настоящему Разумным. Могло быть и совершенно иначе: и в Темных Веках, и в Древности, и даже во Вторую эпоху были люди, желавшие уничтожить Человечество, но у них ничего не вышло, а теперь их нет. Люди есть, а дикие, агрессивные, совершенно неразумные Отверженные стали историей. И встретить их можно только в симуляциях на уроках Истории Человечества. Потому что, как говорит Надя Винокурова: «фу такими быть». И действительно... Нет ничего важнее детей. Ведь в них развитие, да и будущее — именно в них и никак иначе.

Человечество пошло по пути созидания, делая огромные шаги в свое будущее, которое, конечно, очень загадочное, но совершенно точно доброе, потому что дети, выросшие в тепле, ведомые примером родителей, не опустятся больше в дикость и разум не потеряют. Я совершенно точно это знаю. Ведь мы разумные, все мы.

Оглавление

Черная дыра. Выживший	1
Солнечная система. Враг	13
Луна. Неожиданные открытия	25
Земля. Первые шаги	37
Земля. Первая встреча	49
Земля. Размышления	61
Высокая орбита. Дети	73
Солнечная система. Сюрпризы	85
Солнечная система. Земля, прощай	97
Пространство. Вторая попытка	109
Пространство. Начало долгого пути	121
Пространство. Сон сквозь века	133
Млечный путь. Нежданная встреча	145
Млечный путь. Ясли	157
Пространство. Детская неожиданность	169
Форпост. Встреча	181
Пространство. Непростые задачи	193
Субпространство. Рукопожатие эпох	207
Минсяо. Вопросы и ответы	221
Минсяо. Новая жизнь	235
Минсяо. Дорога домой	247
Пространство. Неожиданности	259
Пространство. Новые друзья	273
Гармония. День рождения	285
Гармония. Школа	297
Гармония. Жизнь	309

www.ingramcontent.com/pod-product-compliance
Lightning Source LLC
LaVergne TN
LVHW021330080526
838202LV00003B/129